怪談5分間の恐怖

集合写真

中村まさみ

親による子殺し、子による親殺し、無差別殺人、親や身内による虐待死《ぎゃくたいし》……。
なぜ、人の世はここまですさんでしまったのでしょう。
人の心にひそむ闇《やみ》が、日を追うごとに深くなり、
それまではあたりまえであったはずの感情を無にしてしまう。
そんな闇《やみ》におかされそうな世の中に、一筋《ひとすじ》の光が届《とど》いたなら……。
自らの存在《そんざい》こそが奇跡《きせき》であり、それは〝いまを生きたかった〟人々の上に存在《そんざい》する。
怪談《かいだん》というツールを用いて、
ほんの一瞬《いっしゅん》でも命の尊厳《そんげん》・重さ・大切さを感じてもらえたなら……。
そんなことを思いながら、
これからわたしが体験した〝実話怪談《かいだん》〟をお話ししましょう。

怪談師《かいだんし》　中村まさみ

もくじ

ガソリンスタンド 6
財布《さいふ》 10
海から付いてきたもの 15
喫茶店《きっさてん》の霊《れい》 21
思い出のトラクター 29
ニューヨークの亡霊《ぼうれい》 32
ドラム缶《かん》 36
自転車と東京大空襲《だいくうしゅう》 40
サザエのふた 48
故人タクシー 55
ガラガラヘビ 58
うしろの正面 66

厳重《げんじゅう》事故物件 72
トロイメライが聞こえる 89
呼《よ》ぶ者いく者 99
白い家の思い出 104
乗った電車は…… 113
ぼんぼち 117
いねむり運転 125
湿疹《しっしん》 133
クヌギと少年 138
木村 145
前世の縁《えん》 151
キツネ 165
工場裏《うら》の廃車《はいしゃ》 169
カニ 174
恩賜《おんし》の軍刀 188
座敷童《ざしきわらし》との夜 196
呼《よ》ぶ少女 202
古ビル 214
子ネコ 220
最期《さいご》の盆踊《ぼんおど》り 222
集合写真 225
人形《ヒトガタ》のすむ家 229
沖縄《おきなわ》の思い出 246

ガソリンスタンド

北関東の主要道に、国道463号というのがある。

その沿道《えんどう》にあるガソリンスタンドは、名の通ったメーカーの看板《かんばん》をかかげ、現在もごくあたりまえのように営業している。

しかし、このスタンドが開店直後、ひとつのいまわしい事故に見まわれた……という経緯《けいい》を知る者は少ない。


昼夜を問わず、交通量の激《はげ》しい路線にこのスタンドは面している。

スムーズに本線に合流できるよう、給油が完了《かんりょう》した車をスタッフが誘導《ゆうどう》する。

事故はこのときに起きた。

右からせまりくる大型トラックを止めようと、ひとりの女性新人スタッフが、路上に飛び出した。

ところが運転手がわき見をしていて、それにまったく気付かないトラックは、ノーブレーキのまま突進《とっしん》。その春、高校を出たばかりだったアルバイトの女の子は、そこから18メートルもはねとばされて即死《そくし》した。

管理責任を問われたこのスタンドは、開店後数日にして三か月の営業停止となった。

最初の怪異《かいい》は、その〝営業していない〟間に起きた。

いまわしい事故から数日後の深夜、夜間の工事作業を終えた、一台の大型ダンプカーがそこを通ると、そのスタンドのまえに仲間の車が停車しているのを発見。

(なにをしてるんだろう……?)

そういぶかりながらも、しばらく仲間の車にならって、そのうしろに停車していた。

ところが待てど暮《く》らせど、車は一向に動きだす気配がない。

ダンプカーの運転手は手元の無線マイクを手に取り、こう呼《よ》びかけた。

「おーい○○さん、どうしたんだぁ?」

その直後だった。

まるで、なにかにけとばされでもしたかのように走り出したかと思うと、その後は一切《いっさい》無線に応《こた》えることもなく、そのままどこかへと走り去ってしまった。


その一週間後。

出入りのセメント工場での安全講習会で、あの夜、路上に止まっていた車を運転していた友人に出くわした。あの晩《ばん》のことをたずねてみる。

初めは、いいたくなさげに口ごもっていたものの、しつこく問いつめると、ぽつりぽつりと話し出した。

「夜勤《やきん》明けだし、いささかぼーっとしていたのは確かなんだが……。

ごくふつうの速度であの道を走っていると、前方に人かげが飛び出したんだ。

十分止まれる距離《きょり》だったんで、ブレーキをふみ、落ち着いてそれに目をやると、スタンドスタッフの制服を着た、小がらな女の子だった。

深々とこちらに頭を下げて、両手をこう、まえに出してな……。

店にも灯《あか》りが点《つ》いていたが、不思議と車が一台も止まってない。

いったいなんのために、自分の車を止めたんだろうとは思うものの、女の子は依然《いぜん》として、まえに立ちはだかってるだろう、どうしたもんか……と思い始めたときに、おまえから無線で呼《よ》びかけられたんだわ」

無線機の音声で我《われ》に返ると、それまでこうこうと灯《とも》っていたスタンドの灯《あか》りはなく、目のまえの女の子もこつ然と姿《すがた》を消していたのだという。

それからというもの、深夜、そのあたりでは、信号もなにもない道路上で、不意にたたずむトラックの姿《すがた》を見かけるそうだ。

財布《さいふ》

小学四年のときのこと、塾《じゅく》へ行くとちゅう、わたしは雪に半分うもれた革製《かわせい》の財布《さいふ》を拾った。拾い上げて中をのぞくがなにひとつ入っておらず、〝あとで交番に届《とど》けよう〟と手さげかばんにつっこんだ。

数日後、ピアノ教室へ行こうと持ち物をそろえていたら、教室用のかばんから〝ぽろり〟となにかが出てゆかにすべり落ちてきた。

「あ……」

あのときの財布《さいふ》だ。

(なんでこっちのかばんに入ってるんだろう?)

いぶかったわたしは、母にたずねた。

「知りませんよ、そんな財布《さいふ》」

予想通りの答えが返ってきた。

拾ったまま、交番に届《とど》けていないことが知れるとしかられる……そう思ったわたしは、それ以上、母が財布《さいふ》の話に持っていかないよう心がけた。


その日のピアノ教室で、わたしはその財布《さいふ》を見せながら、友だちと話しこんでいた。

「どれどれ？　うわあ、きたない財布《さいふ》ぅ」

たしかにきたない財布《さいふ》だった。

「あれ？　なに……これ？」

中身を探《さぐ》っていた友だちのひとりが、ひときわ甲高《かんだか》い声をあげる。

見ると財布《さいふ》の中に、一枚《まい》の古びた写真が入っている。

（中身を確認《かくにん》したとき、あんな写真、入っていなかったのに……）

だれかをけっこうな至近距離《しきんきょり》で写したものらしいが、ひどくピントがずれていて、なにがなにやら解《わか》らない。

「なんでこんな写真、大事に入れてるんだろうね？」

友だちがいった。わたしも同感だった。


それから数週間。

わたしはすでに、すっかり財布《さいふ》のことなど忘《わす》れていた。無論《むろん》、警察《けいさつ》に届《とど》けることさえ……。

しかしとんでもない話を聞き、現実……いや超《ちょう》現実へと引きもどされる。

その日は、祖父のもとへ、近所の俳句《はいく》仲間が遊びにきていた。

「なんでも、七条の無縁仏《むえんぼとけ》様にあがってた財布《さいふ》がぬすまれたそうな……」

「え？　財布《さいふ》!?」

学校から帰って、玄関《げんかん》に入ったところでそんな会話が聞こえたもんだから、わたしはつい声に出してつぶやいてしまった。

「なんだ？　おまえ、なんか知ってるのか？」

祖父の言葉には答えず、わたしは自分の部屋へかけ上がり、机《つくえ》の引き出しにしまっておいた例の財布《さいふ》を確認《かくにん》する。

そしてそれを手に持った瞬間《しゅんかん》！

ジジッ！　……ジジジッ！

まるで現代の携帯電話《けいたいでんわ》のバイブレーターのように、財布《さいふ》が小刻《こきざ》みにふるえたのだ。

「うわぁっ!!」

思わずわたしは財布《さいふ》を放《ほう》り出した。

手をはなれた財布《さいふ》は、静かにゆかでうなだれている。

息をのみながらそっと財布《さいふ》を拾い上げると、今度はあの〝写真〟が、するりとゆかにすべり落ちた。

ふるえる手で裏返《うらがえ》った写真を拾い上げ、財布《さいふ》にもどそうとなにげに表をのぞいておどろいた。

数日まえまで、ぼんやりとピントの合わない被写体《ひしゃたい》であったはずなのに、手にした写真のそれはかっと目を見開き、口をみにくくゆがませた中年の女性に変わっている。

「ぎゃあああああっ！」

「どうしたんだっ！」

わたしの悲鳴を聞いて、かけ上がってきた父にだきつき、ことの次第《しだい》を打ち明けた。

数日後、その財布《さいふ》は父の手により元あった〝無縁堂《むえんどう》〟へもどされた。


それから十数年後、二十歳《はたち》を過ぎたある日のこと、めずらしく父と外食を共にする機会があったので、わたしはその話を持ち出してみた。

「そうそう、そんなことがあったっけなぁ……」

いまでは単なる〝思い出話〟になってしまっている。

しかし最後に父はこうしめくくった。


「あのとき、おまえがさわいでいた『写真』な、あのあと、どんなに探《さが》しても見つからなかったんだぞ……」

海から付いてきたもの

数年まえのある夏、わたしたちは葉山にいた。

天候にめぐまれ、絶好のつり日和《びより》。
クルーザーに乗り、ヒット率が1%にも満たない、まぼろしの金サバを探《さが》す。数人がかりで水面をにらみ付けているときだった。

どこからともなく〝ブオーッ〟というエンジン音が聞こえてきた。
決して近くはないが、そう遠くもない感じ。
全員一斉《いっせい》に周囲を見わたすが、それらしき船かげは見当たらなかった。
その場は、だれも気にすることもなく、そのままつりを続ける。
じりじりと照り付ける太陽が、気が付くと空の頂点《ちょうてん》に達しようとしていた。

目的の金サバにはめぐりあえていないが、釣果《ちょうか》は上々だった。

「あっちいな！　とりあえず昼飯にしよう！」

わたしが提案して、船をいったん陸にもどす。

いまさっきつり上げた、四人には十分すぎるほどの真鯛《まだい》をおろす。

さしみをぶつ切りにして、たきたての飯の上にのせ、地卵《じたまご》の黄身をその真ん中に落として、さっとしょうゆを回しかける。

あまりのおいしさに四人ともども、ひたすら無言で食べる食べる。

腹《はら》ごしらえがすむと、再び我々《われわれ》は船に乗りこんだ。

先ほどのポイントから少しずらしたところに、それぞれがつり糸をたらした、まさにそのときだった。


ブオッブオッ！　ブオーッ！

これには全員がきもをつぶした。

我々《われわれ》のクルーザーのすぐ先で、とつぜんわき上がったように、先ほどと同じエンジン音がひびいたのだ。

「なんだおい！」

クルーザーの持ち主・神崎《かんざき》が、そうさけんで立ち上がる。

神崎《かんざき》に続き、全員、さおを置いて、音の主を探《さが》すが周囲にはなにひとつ見えるものがない。

ただ青い海が広がっているだけだった。

キツネにつままれたように、全員その場に立ちつくし、顔を見合わせるが、結局その場もどうすることもなく、それぞれが持ち場へともどった。

しばらくしてようやく目当ての金サバがかかり、ちょうど日もかげってきたところで、さおをたたんだ。

みんなで道具を片付《かたづ》けていると、友人の三岳《みたけ》がすっとんきょうな声を上げた。

「あれっ⁉　これ、だれのだよ？」

三岳《みたけ》はクルーザーのふちを指さしている。見ると、ぽたぽたとしずくを落とすグローブが、片方《かたほう》だけ置かれている。

わたしが手にとって確認《かくにん》してみる。どうやら水上バイクに乗るときにはめる、マリングローブのようだ。

「だれのこれ？　片方《かたほう》しかないじゃん」

三岳《みたけ》が聞くが、その場にいるメンバーに、心あたりのある者はだれもいなかった。

「まあ、どっちにしても、片方《かたほう》じゃ使い物になんねえな」

神崎《かんざき》はそういうなり、グローブを遠くへ放《ほう》り投げてしまった。


我々《われわれ》が葉山で定宿にしているのは、地元の漁師さんが細々と営む小さな民宿だった。

わたしが幼少《ようしょう》のころからお世話になっており、もう通い始めて四十年近くになる。

ここで供《きょう》されるのは、まさに〝おふくろの手料理〟に〝親父《おやじ》の包丁〟が加わったような天下一品の料理だった。

風呂《ふろ》は昔ながらの五右衛門風呂《ごえもんぶろ》。

五右衛門風呂《ごえもんぶろ》というのは、かまどの上に大きな釜《かま》をのせ、下から火をたいて直接わかす風呂《ふろ》のことだ。木の板をお湯の中にうかべ、それをしずめるように、そうっと入る。知ったかぶってあわてて入ったりすると、足が釜底《かまぞこ》について足の裏《うら》をこんがりとやってしまう。

風情《ふぜい》のある風呂《ふろ》に入り、料理に舌つづみを打ち、ほろよいになったところで、みんなごろごろと横になりだした。

どのくらい時間が経過しただろう。

「……中ちゃん。中ちゃん……起きてるかい？」

時計を見ると、夜中の一時を回ったあたり。

声の主はここの親父《おやじ》さんだった。

「ああ、起きてるよ」

わたしがふすまを開けて見ると、眉間《みけん》にしわを寄せた親父《おやじ》さんが立っている。

「実はな、中ちゃん、さっきから……」

親父《おやじ》さんの話によると、十二時を回ったころから、家の周囲を、なに者かが徘徊《はいかい》しているという。

「木刀持ってその辺を見て回ったんだが、ネコの子一匹《ぴき》いやしねえ。ただな……」

親父《おやじ》さんはそういいながら、なにかをつまんでわたしに見せた。

「ちょうど、あんたたちの部屋の窓《まど》の下にな、こんな物が落ちてたんだ」

それは、昼間、船上で見て、神崎《かんざき》が投げ捨《す》てた、あのマリングローブだった。

だれかに「なに」かが付いてきたのだろうか……。

喫《きっ》茶《さ》店《てん》の霊《れい》

茨城県《いばらきけん》のある場所で古くから喫茶店《きっさてん》をやっている、坂口という男がいる。

坂口は無口な男で、携帯電話《けいたい》は持たず、インターネットもいっさいやらない。十五年まえのワープロを、いまでも台帳代わりに使っている。

「あれは相手の都合を考えず、一方的にかかってくるから好かん」

それが坂口の携帯《けいたい》電話を持たない理由だった。

携帯《けいたい》電話でなくとも、電話というのはそもそもそういう物だと思うが、元来暗い男かというと決してそうでもない。三十年以上まえの名品、Kawasaki 750RS（Z2）というオートバイをこよなく愛する四十八歳《さい》の〝チョイ悪〟風親父《おやじ》だ。

つい先日、この坂口から手紙がきた。メールではなく〝手紙〟。

そこにはこんなことが書いてあった。

「元気でやってるか？　ひまがあったら顔出してくれ。折り入って相談したいことがある」

書いてあるのは、これだけ。

なんだかわけもわからず、とにかく坂口の喫茶店《きっさてん》に電話してみる。

「電話じゃ話せないから『きてくれ』と手紙を出したんだ。ひまなときでいいから待ってる」

坂口は出るなりそういうと、ガチャンと電話を切ってしまった。

ふつうなら頭にくるようなふるまいだが、坂口という男の本質を知っているわたしは、腹《はら》が立つこともなかった。


一週間後、坂口の店へ行ってみた。

「遠かったか？」

「うん？　いや、そうでもないけど……」

「なら、もう少しひんぱんに顔出せよ」

「まったく愛想《あいそ》がねえな、おまえは相変わらず！」

「愛想《あいそ》で食っていけるなら、それも身につけるがな。ほれ、おまえの好きなコーヒー豆、いっておいた。なんばいでもいれてやるから、帰りは土産《みやげ》に持って帰れ」

無口で愛想《あいそ》もないが、わたしの好きなコーヒーを覚えていて、こうして用意しておいてくれる、坂口はそんな男なのだ。

コーヒー豆は決して安くはない。わたしは遠慮《えんりょ》がちにいった。

「いいのか？」

「こんな苦い味のコーヒーは、おまえ以外には飲まないからな」

「そうか……。バイクは？　いまも乗ってんのか？」

「ああ」

ここで会話はとぎれた。

十分近くの沈黙《ちんもく》のあと、坂口がぽつりぽつりと話し出した。

「数か月まえのことになるが、うちの店に毎日通ってくる女がいた」

その彼女《かのじょ》がひと月位まえから、急に現れなくなったのだという。

「彼女《かのじょ》が最後にきた日のことなんだがな。いつもとちがう感じがして、気になったおれは、声をかけたんだ……」

「なんだか元気がないね」という坂口の言葉に、ほおづえをつきながら、彼女《かのじょ》はにっこりと笑った。

しかしその表情には精彩《せいさい》がなく、ただただ降《ふ》りしきる雨のしずくだけを、目で追っていたという。

「おれは他人の胸《むね》の中にふみこむのが好きじゃないし、そのときは、それ以上のことはいわなかった。ところがな……洗《あら》い物をしていて、ふと足元に落としたティースプーンを拾っている間に……」

彼女《かのじょ》の姿《すがた》はかき消えていたのだという。

そしてそれ以降《いこう》、その女性が店に現れることはなかった。

「その次の日のことだ。いつも通り朝十時に店を開け、看板《かんばん》を外へ出そうとしていると、やにわに音楽がかかったんだ」

「音楽？　店の中でか？」

「そうだ。しかもそれは例の彼女《かのじょ》が持ってきたもので、通常店でかけているたぐいの曲ではなかった。おどろいたおれは、店内へ取って返して見わたしてみたが、どこにも人かげはなかった」

「ちなみに、その曲ってのは……」

「これだ」

そういって差し出したのは、アメリカのミュージシャン、ボズ・スキャッグスのCDだった。

「彼女《かのじょ》はこの中でもJojoという曲が好きだったんだが……」

「だが？」

「そのとき勝手に流れてたのもJojoだった」

「勝手にったって、このアルバムは1曲目がJojoなんだから、再生のスイッチをおせば自然と……」

「こわれてるんだ」

坂口がわたしの言葉をさえぎっていった。

「なにが？」

「うちのCDプレーヤーは、動かないんだよ」

「いってる意味が、全然わかんねえぞ」

わたしの疑問《ぎもん》は無視《むし》するように、坂口が続ける。

「確認《かくにん》してみると、音源《おんげん》は有線からなのがわかった」

こういうお店は、有線放送の契約《けいやく》をして音楽を流していることが多い。ケーブルテレビなどと同じように、契約《けいやく》したチャンネルの放送を聞くことができる。

「いいか、ああいう曲がかかるのは、アメリカンポップス専用《せんよう》のチャンネルなんだ。でもおれはそんなチャンネルをふだんセットしないんだ」

「勝手に変わってた……ってことをいいたいのか?」

「それ以外に考えられないだろ」

「待て待て待てっ!! いいか坂口。なんでもかんでも、そっちに持っていくのはよくねえぞ。それは、たまたまそうじかなんかしてて、手がダイヤルにふれちゃったからかもしれないだろ?

いいか、おい。霊《れい》なんてものは、そうかんたんに人のまえに……」

そういいかけたわたしの目が、ある物をとらえた。

わたしの目のまえには坂口。そのうしろに、整然と片付《かたづ》けられたカップラックがある。

みがきこまれたそのガラスに、なにかが映《うつ》りこんでいる。


……女の顔。


最初はまるで蜃気楼《しんきろう》のように、ちぐはぐな感じに見えていたが、わたしが「それ」に気付いたとたん、レンズのピントが合わさるように〝ばしっ〟と「それ」が際立《きわだ》った。

しかもわたしの顔のすぐ横……いや、まるで肩《かた》にあごをのせているような感じの位置だった。

坂口の顔を見る。

苦しそうな、なんともいえない苦々しい表情で、顔をくしゃくしゃにして目をつぶっている。

「さ、さかぐち……」

うめくようにわたしが、そう声をかけた瞬間《しゅんかん》だった。


うううううええええええええぇぇぇぇぇっ！

ガラスに映《うつ》るわたしの肩口《かたぐち》で、女の首が激《はげ》しい動作でふるえだした。

わたしはいすから転げ落ちた。

おどろいて周囲を見回してみる。どこにも異形《いぎょう》のものの姿《すがた》は見あたらない。

「悪かった中村。おれにはずーっと見えてたんだ。最初はかすみのように、ただよってたんだが……」

わたしの背後《はいご》にただよう、正体不明のガス状のもの。

それが次第《しだい》に具現化し、まぎれもなくあの女性の顔になってきたころから、坂口は目をつぶっていたらしい。

その日以降《いこう》、この店で怪異《かいい》現象は起こっていない。

坂口はというと、その女性が亡《な》くなったというような情報を、その後、聞かされたわけでもなく、ごくごくあたりまえな日々を過ごしている。

思い出のトラクター

人はなぜ夢を見るのだろう。

夜を徹《てっ》しての原稿《げんこう》作成で満足に寝《ね》られず、たまりかねたわたしはソファで少しうたたねをしていた。


気がつくと、小型のトラクターに乗っていた。

なんでも〝それ〟を、どこかのお宅《たく》に届《とど》けなければならない……らしい。

「ここのほら、軒先《のきさき》にテントがある家ね」

横にいるだれかから写真を見せられ、そう教えられた。

実際に向かってみるがなかなかたどりつけず、ほうぼう探《さが》し回っているうちに、一軒《けん》の家の庭先に迷いこんでしまった。

そこへ子どもがふたりかけよってきて、なにやらわたしに話しかけてくるのだが、そのふたりの顔を見たとたん、自分自身も子どもになっていた。

にこにことたたずむその兄弟は、わたしの生家の近所に住むおさななじみだった。

兄の方は数年まえに自ら命を絶っている。

「なーんでこんなの乗ってんのさぁ？　いいなぁ！」

実はこのトラクターには、我々《われわれ》三人に共通するたくさんの思い出があった。

沖縄《おきなわ》から北海道・岩見沢《いわみざわ》へと転居した直後、この兄弟と共にたびたび訪《おとず》れていたのが、近くにあったトラクターの販売店《はんばいてん》だった。

その店は定休日の日曜日になると大人の姿《すがた》が消え、子どもたちにとっては格好の遊び場となっていた。

納車《のうしゃ》待ちの、新しいトラクターがずらりとならんでいる。

当然ながらエンジンはかからないが、自転車で乗りつけた子どもたちが、思い思いのトラクターに飛び乗り、仮想サーキットをくり広げていた。

幼《おさな》い兄弟たちに別れを告げ、わたしはなおも目的の家を目指していた。

そのとたん、強烈《きょうれつ》な悲しみがおそってきて、わたしはおんおんと声を上げて泣いていた。

その急激《きゅうげき》な感情の変化のおかげで、不意に我《われ》に返り、わたしは目を覚ました。

そういえば……。

あいつが逝《い》ったのは、確かこの時期だったように思う。

ニューヨークの亡霊《ぼうれい》

墨田区《すみだく》に住むわたしの友人に、坂井口《さかいぐち》というのがいる。

仕事はフリーのカメラマンだが、被写体《ひしゃたい》は車が多い。

わたしとは古くからの付き合いだが、たいていなん年も音沙汰《おとさた》がない。そういうときは海外へ行っていて、なにもいわず旅立ち、なにもいわず帰ってくる。お土産《みやげ》なんて当然いつもない。

そんな坂井口《さかいぐち》が、めずらしくわたしを訪《たず》ねてきた。

「ニューヨークへな、一か月ほど行ってきたんだ」

「なにか、おもしろいことでもあったか？」

帰国してすぐやってくるなんて、なにかあるにちがいない。

そう思ってたずねると、うんうんと首を大きくたてにふった。

「あそこの例の安ホテル。あれから外観の劣化《れっか》が進んで、外のレンガのかべなんか、いつくずれてもおかしくないような感じになってるぞ！」

「おまえ、またあのクイーンズの木賃宿《きちんやど》使ったのか！　あそこは危《あぶ》ないからやめろと、地元警《けい》察《さつ》からもいわれて……」

「いや、わかってる。よくわかってるんだが、これを最後にしようと思ってな。思い切って泊《と》まったんだ」

その宿は、もともとわたしが紹介《しょうかい》したものだった。

雑誌《ざっし》に使う写真を撮《と》りたいんだが、なんか映画《えいが》に出てくるような、きたないホテルを知らないかと坂井口《さかいぐち》に聞かれて、思わずそこを紹介《しょうかい》してしまった。

ハーレムのど真ん中にあるホテルの周囲は、ほとんどギャングの巣窟《そうくつ》と化していて、地元有力者の知り合いでもいない限り、おいそれと外国人が泊《と》まっていい場所ではなかった。

「それでも外観の修復工事かなんかが始まっててな、周囲には派手《はで》な『足場』がかかってた。日中、部屋の中にいると、その足場を使ってものすげえマッチョな男たちが作業しているのが見えるんだ。それがなかなか壮観《そうかん》だったよ」

わたしの心配などまったく意に介《かい》さず、坂井口《さかいぐち》が話し始めた。

初めの一週間ほどその宿に泊《と》まり、そのあと、レンタカーを借りてあちこちの州を回ったのだという。

「けっこういい写真が撮《と》れたんで、残りの一週間を最初に泊《と》まったホテルで過ごそうと、ニューヨークに引き返したんだ。レンタカーを返して、そこからはタクシーで……。『どちらまで？』って聞くんで、ホテルの名前をいったんだがな……」

すると黒人の運転手は、まじまじと坂井口《さかいぐち》の顔を見つめながら、事前にある程度の金額を提示しろといった。ニューヨークでもそんなことは、あまりない。

坂井口《さかいぐち》は運転手にたずねた。

「なんでそんな必要があるんだ？」

すると、おどろくべき答えが返ってきたという。

「あんなくずれた廃《はい》ビルににげこまれちゃあ、元も子もないからな！」

「ばかなことをいうな！　おれはついこの間まで、あそこに滞在《たいざい》してたんだ！」

しばらくおし問答になったが、らちがあかない。

「そこまでいうなら！」と運転手も意地になり、現地へ車を走らせた。

周囲には過去になんども見た公園や街路樹《がいろじゅ》。近隣《きんりん》の建物も見覚えがある。

「ほらここだ！　自分の目でよく確認《かくにん》するんだな」

運転手にそういわれて坂井口《さかいぐち》は右側を見た。

なんとついこの間、自分が泊《と》まったホテルは、建物の上部が半壊《はんかい》し、それぞれの窓《まど》には真っ黒いけむりのあとがついている。

「一年ほどまえ、改修工事中に起こった火事だった。にげおくれた宿泊客《しゅくはくきゃく》と作業員が、一瞬《いっしゅん》にして十四人も犠牲《ぎせい》になったんだ」

運転手はぽつりとつぶやいたそうだ。

いったい坂井口《さかいぐち》は、どこに泊《と》まったというのだろうか。

ドラム缶《かん》

友人の高取は、よせばいいのに〝おそろしいうわさ〟のある心霊《しんれい》スポットを訪《おとず》れていた。

そこは山中にぽっかりとひらけた空き地で、数年まえ、そこに置かれたドラム缶《かん》の中から、焼けただれた男性の遺体《いたい》が発見されていた。

それ以後、周辺ではあやしげなうわさがあとを絶たず、地元の住民はだれひとりとして近づこうとはしないという。

どこからそのうわさを聞き付けたか定かではないが、高取がそこへ足を運んだことは事実だった。

ひとりでおもむいた高取は、持参した懐中《かいちゅう》電灯を手に車外へ降《お》り立った。

時刻《じこく》は午前二時を少し回ったあたり。

なんの目的で切り開いたのかはわからないが、確かにその場所は広かったという。

「広場のほぼ中央に、そのドラム缶《かん》はあった」

それがもともとなに色であったかさえわからぬほど、ドラム缶《かん》全体に赤さびが回っており、近付くにつれ、独特な〝苦いにおい〟が鼻をついた。

高鳴る鼓動《こどう》をおさえつつ、ゆっくりと近づく。

「おそるおそるではあったが、近づいて行って中をのぞきこんだ。その瞬間《しゅんかん》、視界《しかい》がぐおーっとよじれたんだ。

直後に強烈《きょうれつ》なめまいがして、思わずその場にしゃがみこんだよ。直感的に遠くの物を見た方がいいような気がして、星空を見上げてみたりしたが、効果はなかった……」

たまらなくなった高取は、おぼつかぬ足取りのまま、自分の車目がけて走り出した。

「そのときだ。パチパチッという音と共に、とつぜん、背後《はいご》が明るくなったんだ」

おどろいてふり返ると、空だったはずのドラム缶《かん》から真っ青な火柱が上がっている。

「思わず『うわあああっ』ってさけんだよ」

あとずさりしながらそれに目をこらすと、立ちのぼる炎《ほのお》の中に、激《はげ》しく身をよじる人の姿《すがた》が見て取れた。

見てはいけない……そう感じた高取は、車に飛び乗り一目散にその場をあとにした。

山を下り、ほどなく現れた点滅《てんめつ》する黄色信号を左折したあたりで、いままでに味わったことがないほどの、のどのかわきにおそわれたという。

「のどのおくがひからびて、気管がヒイヒイ鳴るような感覚……うまく表現できないけど」

わたしにはそれで十分伝わっていた。

（とにかくなにかをのどに流しこみたい）

いまはそれだけが、激《はげ》しく頭の中をうずまいている。

車を走らせていると、前方左側に蛍光灯《けいこうとう》が灯《とも》る一角を発見した。

近付いてみるとそれは、人気のないバス停横に置かれた数台の自動販売機《はんばいき》だった。

ポケットの小銭《こぜに》入れに手をかけ、急いで車から飛び出す。

硬貨《こうか》の種類も確認《かくにん》しないまま、続けざまに販売機《はんばいき》の投入口へと投げこむ。

500ミリリットルのお茶のふたを開け、一気に中身を飲み干《ほ》した。

「あんなにお茶がうまいと思ったことはなかったな」

空になったペットボトルを回収《かいしゅう》ボックスに投げこみ、縁石《えんせき》をまたいで、いままさに車に乗りこもうとしたときだった。

おい

不意に背後《はいご》から呼《よ》び止められた。
「だ、だれだよ！」
そう声を荒《あら》らげて周囲を見わたすも、人らしき姿《すがた》はない。

おいいいぃぃいぃいぇぇぇぇぁぁあああああああ!!

そこには……。
全身に火が付き、ボウボウと音を発しながら、すごい勢いで近付いてくる男の姿《すがた》があったという。

自転車と東京大空襲《だいくうしゅう》

十数年まえになるだろうか。

都内に住む友人の佐藤《さとう》が、こんな話を持ちこんできたことがある。

佐藤《さとう》は、まるで三十年まえに時間が止まったかのような下町に住んでいた。よくいえば情緒《じょうちょ》のある、ストレートにいえば古くさい、まあ、そんな町だ。

彼《かれ》の家には風呂《ふろ》がなかった。現在ではまず聞かなくなった共同玄関《げんかん》・共同便所・風呂《ふろ》なし木造二階建てアパートってやつだ。

二階の彼《かれ》の部屋の眼下には川が流れている。

ゴミ捨《す》て場に打ち捨《す》てられていたギターなんかを拾ってきて、ホロホロひく……そんな一九七〇年代のフォークソングのような世界を体現するのが佐藤《さとう》の楽しみだった。

愛車といえば、近所の魚屋さんからゆずり受けた、どでかい運搬用《うんぱんよう》の荷台が付いた、渋《しぶ》い自転車。

超《ちょう》が付くほど古く、こぐと、ヒイヒイグロロロロロロロロ……と妖怪《ようかい》的なサウンドを奏《かな》でるスペシャルマシーンである。

ちょっとそこまでの用事をすますには差しつかえないし、見た目を気にするがらでもない。ときどき油を差してやったり、ぞうきんでからぶきしてやったりしながら、佐藤《さとう》はふだんの足としてその自転車を重宝《ちょうほう》していた。

そんなある日のこと。

佐藤《さとう》はその自転車で、坂の下にある焼き鳥屋へ出向いた。

店の親父《おやじ》とああだこうだとやり取りが進むうちに、「昔ここいらはな……」なんて話に花がさく。

そのうちに少々気になる話題に切りかわった。

「この辺一帯は東京大空襲《だいくうしゅう》で、文字通り火の海になったんだ。そのときにおれのおふくろや姉連中も命を落としたんだが、考えてみりゃあ、この辺だけじゃなく、都内はどこでも人が死んでるんだよなぁ……」

焼き鳥を焼く手を止めて、親父《おやじ》はそんな話をした。

なんだかしめっぽくなってきて、雰囲気《ふんいき》を一掃《いっそう》しようと佐藤《さとう》が声高《こわだか》に焼き鳥を注文した、そのときだった。

ガジャアッ！

外からひびく大きな物音。

おどろいて戸を開けて確認《かくにん》すると、店先に止めた自分の自転車がたおれている。

（なんだよ。風もないのに……）

そう思いながらも、元あった通りに引き起こそうと佐藤《さとう》は車体に手をかけた。

「あ……あれ！　なんでこんなに、重いんだ!?」

確かにその自転車はもともと重量級だ。しかしそれは限度をこえていたという。

店の外で佐藤《さとう》がもたついていると、親父《おやじ》が気付いて声をかけた。

「さとちゃん、体力なさ過ぎなんだよぉ。そんな物も持ち上がんねえ程《ほど》、飲んだわけじゃねえだろう？」

もっともだった。飲んだといっても軽めの酒をまだ二はい程度。それなのに、自転車はびくともせず、少しも持ち上がらない。

（なにかに引っかかってるのでは？）

そう思って見回すが、それらしい原因を見つけることはできなかった。

「どれどれ！　ちょいとどいてみな！」

それまでは笑いながら見ていた親父《おやじ》もしびれを切らして、店の外まで出てきてそういった。

「いや、おやっさん！　本当に重いんだよ！　腰痛《こしいた》くしちゃうから止《や》めと……」

親父《おやじ》が手をかけると、自転車はなんてことなくすいと持ち上がった。

「まったくよぉ。さとちゃんも人が悪いぜ」

なんだか気味が悪かった。しゃれや酔狂《すいきょう》でそんなまねをしたわけではない。本当に持ち上がらなかったのだ。

「あ、おやっさん……なんだか酔《よ》いもさめちまったし、ここいらでおかんじょう……」

「くしぃ、あがってるよ。さっきたのまれたヤツだよぉ。もったいねえからやっていきなよ」

落ち着かぬ心持ちのまま、佐藤《さとう》はカウンターへもどり、皿に出された砂《すな》ぎもを口に運んだ。


ガジャアッ！


そのとたん、なんだか背筋《せすじ》に冷えたこんにゃくを引っ付けられたような気がして、佐藤《さとう》は代
「うわ、ま、まただ!!」

金をはらうと、そそくさと店を出た。

また重いのか……との予想とは裏腹《うらはら》に、今度はすんなりと自転車は持ち上げることができた。

都内とはいえど、さすがに深夜一時ともなると、このあたりを走る車は少ない。

旧家が建ち並《なら》ぶ、街灯のない真っ暗な道。その町並《まちな》みに呼応《こおう》するような古い自転車をおして歩く自分がおかしかった。

イイイ……イイイイ……イイイイイイ……

おす力の入れようによっては音程が変わる、車輪のきしみがなぜか笑えて仕方がなかった。

（まったく、いつの時代から生きてんだい、おまえさんは……）

そう思いながら道の先に視線《しせん》をやった。

なぜかそこには、たくさんの灯《あか》りがともっていた。

（なぜ？　なんでこんなに灯《あか》りが……？）

立ち止まってそれに目をこらしていると、今度は目のまえの家の軒先《のきさき》に大きな日の丸がかかっているのが見えた。またそのむこうには旭日旗も見える。

（な、なんで!?　いったいなにが……）

そう思ったとたん、ずしりと自転車が重くなった。

思わず転びそうになるのを必死にこらえ、荷台のあたりに手をそえる。

すると、なにかやわらかい物にさわった。おどろいて見ると、小さな女の子がいる。

どこで乗せたかも覚えはない。

そんなこと、あたりまえだが、いま目のまえには確かに少女がいる。

おかっぱ頭にかすりがらのもんぺをはき、胸《むね》には大きく名前が書かれた布がぬい付けられている。

その子と目が合ったとたん、身動きができなくなり、キィィィィィという耳鳴りにおそわれた。

そして、同時に、あるひとつの唄《うた》が佐藤《さとう》の耳に届《とど》いたという。

〝母の背中《せなか》に　小さい手でふった　あの日の日の丸の
　遠いほのかな想《おも》い出が　胸《むね》に燃え立つ愛国の　血潮《ちしお》の中にまだ残る〟

それを聞いたとたん、佐藤《さとう》は涙《なみだ》が止まらず、ただただ少女の顔を見つめながら泣いていた。

ほんの数分、いや数十秒だったのかも知れない。気がつくと元の暗い道に立っていた。

「家に帰ってテレビをつけたとたん、そこから聞こえるニュースキャスターの声に教えられたんだ」

と佐藤《さとう》はいった。

その日は三月十日、東京大空襲《だいくうしゅう》が敢行《かんこう》された日であった。

サザエのふた

サザエのつぼ焼き。わたしはこれが大好きだ。

北海道生まれの人間にとって〝貝〟といえば、通常マツブ貝だ。サザエと味が似ているが、両方を天びんにかけたら、やはりサザエを選ぶだろう。

先日泊《と》まった江《え》ノ島のある旅館で、大きなサザエが出た。

さぞかし子どもも喜ぶだろうと思っていたら、どうやら貝のおくから出てくる〝ぐにぐに〟がいやで手をつけない。

「おまえ、そこがいちばんおいしいんだぞ」

そんなことを力説してみるが、子どもは目を点にしたまま、箸《はし》でそれをつまみフリーズしている。

気を取りなおして再び動きだした娘《むすめ》が「そんなにいうなら」と、先の細いあたりを少しかじってみている。

「苦っ！」

といって口をおさえ、いかにも苦そうな表情をしてみせる。

仕方がないので、全部、わたしがいただいた。

サザエ料理にはよく、うずまきがらの平たい物がそえられている。

サザエのふただ。

ふつうはそのまま残して捨《す》ててしまうが、そのときは娘《むすめ》が「なんかきれいだから持って帰る」といいだした。

娘《むすめ》はそれを持ち帰ると、きれいに洗《あら》って、家のテーブルの上にていねいにならべていた。

そのまま、なん日かが過ぎた、ある日のこと。

当時、わたしが取りかかっていた映画《えいが》製作に、栄崎《さかえざき》という友人が協力してくれていた。

実はこの男、ちょっと変わったところがある。わたしも変わっている方だと思うが、栄崎《さかえざき》にはかなわない。

その日、栄崎《さかえざき》は我《わ》が家に入ってくるなり、いきなり大声でこうさけんだ。

「うわわっ！　サザエオニ!!」

「なんなんだ、朝から！」

「だっだっだって、あれ……」

よほど衝撃的《しょうげきてき》な光景を見たような口ぶりだ。

「だってじゃねえよ、人んちに入ってくるなり、なんだオニって!?」

「アレすアレす！　あのほら、ぐにょぐにょのぶつぶつ！」

栄崎《さかえざき》が指さす方を見てみると、なんてことはない、例のサザエのふたがならんでいる。

「ああ、娘《むすめ》がならべたサザエの……」

「なんであんなもん取ってあるんですか!?　……サザエオニ」

「このあいだ江《え》ノ島に行ったときに、子どもたちにうまい海の幸《さち》をと思ってな……。って、いちいち、オニオニってなんだよ」

あまりにも大げさにいうので、わたしはおもしろくなり、子どものように「う～」っと、それを栄崎《さかえざき》の顔に近づけて、からかっていた。

「ちょちょちょっと！　なんてことするんすか！　やめてくださいよ～」

そろそろ少しあきてきたので、わたしは栄崎《さかえざき》に事情を聞いてみることにした。

最初は口ごもっていたものの、しつこく食い下がるわたしに折れ、栄崎《さかえざき》がぽつぽつと話し出す。しかし聞いているうちに、そうそう笑ってもいられない話だと理解した。

「実はおれも貝が大好きでして、特にサザエは大好物でした……。あれは、おれが大学生のころのことです……」

ある年の夏休みに、浜辺《はまべ》にある海の家でアルバイトをしていた栄崎《さかえざき》は、休みの間中ずっとそこに寝泊《ねと》まりしながら、サザエのつぼ焼きを売っていた。

「火が通り過ぎるとかたくなっちゃうからって、あみにのせて時間がたっちゃったものは、ぱくぱくやってたんです。そのおかげで飯代はうくし、好きなモノは食べ放題だし……まさに天国でした」

ところが、夏休みが終わって少したったあたりから、おかしな現象が起き始める。

「最初にそれが現れたのは、実家に帰って晩飯《ばんめし》をかっこんでるときでした。その日のおかずはブタ肉のしょうが焼きで、子どものころからの大好物を、おふくろが作ってくれて……」

箸《はし》で肉をつかみ、口に運んでなんどもかみ、味わっていたそのとき。

ガリッ!!


「あがっ!!」

おく歯に激痛《げきつう》が走った。そして、口の中にわき出す鉄の味。

「台所へ走っていって、口の中のものをすべてはきだしました。するとその中から……」

なんと、サザエのふたが出てきたというのだ。

「もちろんその日の食卓《しょくたく》にサザエなんか上がってなかったし、おふくろもまったく身に覚えがないと……。あんなものを思い切りおく歯でかんじゃいましたから、まるでけずったかのように歯が欠けちゃって……。

『なんだよおふくろ、こんなもの入れて!』ってどなったんですが、家の中じゅう探《さが》してもサザエなんか見あたらない。その日は結局、みんなで頭をひねりながら床《とこ》についたんです」

ところが……。

そのあともいろんな所から、いや、いろんな料理の中から、これが出てくるようになったという。

「そういうけどさ、これって、そこそこ大きさがあるもんだぞ。こんなものが初めから料理に入ってたら、一見してわかりそうなもんだろう」

わたしは正直な感想を口にした。

「入ってないんです」

「えっ？」

「ですから、料理になんか入ってないから、わからないんじゃないですか！」

「どういうことだよ？」

「つまり……とつじょとして、口の中に『わく』んです」

「そんなことっておまえ……」

正直いって、にわかには信じがたい話だった。

それ以来、栄崎《さかえざき》は、なにかで読んだ覚えのある妖怪《ようかい》の名前を取って〝サザエオニ〟と呼《よ》んでいるらしい。

「見てください」

そういって栄崎《さかえざき》は、大きく口を開けてみせた。

他の歯はうらやましいほどに真っ白で、一本の虫歯もなく、きれいな歯並《はなら》びをしているのだが、おく歯のすべてには銀がかぶっていた。

故人タクシー

数年まえ、広尾《ひろお》でタクシーを拾おうと、わたしは〝空車〟をかかげた車を探《さが》していた。

（時間的に空車は、なかなかこないかもな……）

そう思った直後、案外あっさりと空車が近づいてきた。

都内でよく見かける、青と白に塗《ぬ》られた個人タクシー。しかもすごい高級車だ。

その車を止めようと、わたしは手を上げかけたが、よく見ると、助手席に人が乗っている。

わたしはすっと手を引っこめた。

すると数メートル行き過ぎたところで、タクシーがハザードランプを点滅《てんめつ》させて止まった。

（おっ、タイミングよく、あそこで客がおりるのかな？）

わたしはその車に向かって歩を進めた。

ところが、一向にだれかがおりてくる気配がない。

けげんな顔をして車をのぞきこんでいると、運転手が話しかけてきた。

「お客さん……ですよね？　乗られますか？」

（なにいってんだ、この運転手？）

なんだかおかしなことをいうので、わたしは少し嫌味《いやみ》っぽくいってやった。

「いや、お客さんが乗ってるように見えたもんだから」

すると運転手は、顔色も変えずにこう返してきた。

「さっきも別のお客さんに同じことをいわれましてね。おかげで今日は商売上がったりですよ。

……はは」

〝はは〟じゃないだろうと思ったが、わたしはとりあえず、その車に乗りこんだ。

でもなにか釈然《しゃくぜん》としない。

わたしからなにかいおうかと思っていたら、運転手の方が口火を切った。

「なんとも個人的な話なんですが、毎年この日だけは仕方ないんです……」

「仕方ない？」

少し間を置いて、運転手はいった。

「今日は、女房《にょうぼう》の命日なんですよ」

「そういう……ことでしたか」

運転手のそのひとことで、わたしは得心がいった。

「休みの日には、よくふたりで遠出したもんです。わたしらには子どもがいないもんで、よく営業車を使って方々へ旅行に行ったんですがね……。

なんていうんですかねぇ、その思いがいまだに忘《わす》れられないんですかね……」

不思議ではあるが、なんだか温かい空気を肌《はだ》に感じた一日だった。

ガラガラヘビ

いまから数年まえのこと。

長くアメリカにいて、車の写真を撮《と》りながら生活をしている友人の長井《ながい》が帰国して、わたしの家に遊びにきた。

この男と会うのもずいぶんとひさしぶりだ。いまはアメリカ南部に拠点《きょてん》を移して、活動しているのだという。


長井《ながい》が撮《と》る車の写真とは、カーショーなどに展示《てんじ》されるような、きらびやかな物ではない。

それはときに、旧国道の端《はし》に打ち捨《す》てられた、さびさびのビッグセダンであったり、農家の納屋《なや》でワラにうまっている、旧年式のトラックであったり……。それを感情豊かな表現方法によって一冊《さつ》のムックに編集し、おもにユーロ圏《けん》をターゲットに出版している。

みずからもダッジというスポーツカーを駆《か》り、どこへ行くにもだれと会うにも、いつもつめの間をオイルで真っ黒にしていた。

長井《ながい》にはもうひとつ変わった趣味《しゅみ》がある。

ヘビ、それもサイドワインダーと呼《よ》ばれる、毒を持った凶悪《きょうあく》なガラガラヘビが好きなのだ。ヘビ好きが高じてダッジ・バイパーという車をチョイスした。バイパーとは毒ヘビの意味である。

長井《ながい》がめずらしく土産《みやげ》を持参した。

「なんだこれ?」

なんだか古めかしい小さな段ボールで、やたらと使いまわしたらしい、いろんなあて先がはられている。

「なんだと思う?」

「アメリカの空気! ……とかいうシャレは、おれには通用しないからな」

「しないか……」

本気ともつかないようないい方で長井《ながい》がいう。

「当たったのか！」

「ばーか。ちがうよ！　いいから開けてみ……」

大ざっぱにからんだテープをはぎ取っていく。

開けると中には、紙で包まれた上に、細い麻《あさ》ひもでしばられた10センチメートルほどの包みがあった。

おそるおそる、カシャコショと音のする紙を広げていく。

「な、なんなんだ、こりゃ⁇」

そういいながら、わたしは骨《ほね》のように見えるそいつを取り出してみる。そいつはシャラシャラとやたらかわいた音を発している。

「なんだかわからんか、それ。いいか、こうするんだ」

いうが早いか、長井《ながい》はそれを手にしてすばやく左右にふって見せた！

シャ――――――――ッ!!

「うわっ！」

おどろくわたしをよそに、長井《ながい》は愛《いと》おしそうにそれを見つめていった。

「なっ！　いい音だろう」

それはガラガラヘビのしっぽ。

彼《かれ》らが外敵から身を守るために〝シャーッ〟と音を出す、ガラガラヘビの最大の特徴《とくちょう》といえる器官だ。

「なっ、なんでこんなもんが……」

「これはな、テキサスに行ったときに、道で車にひかれてたのを拾って、天日干《ぼ》しにしたものだ」

長井《ながい》は悦《えつ》に入ったような表情をしている。

「アジの開き、作ってんじゃねえんだぞ」

わたしはあきれていった。

「お守りだ」

「これがか？」

ガラガラヘビのお守りなんて、聞いたことがなかった。

「インディオに昔からのいい伝えってのがあってな。それを持ってると……」

「持ってると？　なんだ？」

「いつもガラガラヘビがそばにいて……」

「そばにおらんでよろしい」

思わずいってしまった。

「ばっかだなおまえ、『悪いもの』から守ってくれるんだぞ」

「そりゃ守りを固めるに、こしたことはないが……」

「だろ？　だったらこれをこう、尻《しり》から下げてだな」

「やめんかっ！」

結局、長井《ながい》はそれをそのまま置いて帰った。

わたしの悪いくせのひとつである〝においをかぐ〟という技《わざ》を使ってみる。

〝ヤバそう〟な直感はない。うすくも小さくもなく、処遇《しょぐう》になやんだが、専用《せんよう》のふくろを作ってバッグにしまうことに決めた。

それから数週間が経過した日のこと。

たまたま、怪談《かいだん》関連の仕事で電話をかけてきていた、水倉さんという女性がこんなことをいった。

「さっきから……なんだろ、この音」

先ほどから、なにかをしきりに気にしている。わたしは彼女《かのじょ》にどんな音がするのかたずねた。

「なんかねえ、シューッっていう感じの、空気がもれてるような音。会話のとちゅうとちゅうに入ってくるのよね……」

また別の日、友人の沼田《ぬまた》と話しているときだった。

「おおビックリした！　なんだよ、いまの音っ！」

沼田《ぬまた》に聞くとやはり水倉さんと同じようなノイズ、それもかなり激《はげ》しいものが会話をさえぎったという。

数日後。

寝室《しんしつ》で寝《ね》ていると、夢見心地《ごこち》だったわたしに、犬のほえ声が聞こえてきた。それは何度も聞こえては、また消えていく。

最初は夢かと思って気にしなかったものの、次第《しだい》に現実味を帯びていき、やがてそれが我《わ》が家の飼い犬の声であることに気づいた。

なにかをねだるときに発する、聞き慣れたものではなく、まるでなに者かにおびえるような悲鳴に似たなき声がする。

「な、なんだ？」

ベッドから起き上がり、廊下《ろうか》へ出ようとドアノブに手をかけたところで、わたしは下で起こっているもうひとつの異常《いじょう》に気付き、こおりついた。

犬の声に混じってときおり聞こえる「シャ――ッ」という音。

それは、まぎれもなくあの音……そう、先日、長井《ながい》が持ってきた、ガラガラヘビのしっぽから発せられるそれだった。

しかもその音は、犬のほえ声に連動するかのように鳴動し、まるで本物のヘビが階下にいて、いままさに犬をおそおうとしている様を連想させた。

階段《かいだん》の灯《あか》りをつけ、急ぎ足で一階へ下りていくと、ケージの中にぶるぶるとふるえながら、必死に助けをこう犬の姿《すがた》があった。

一階フロア全体を明るくして、くまなく音の正体を探《さが》す。

しかしヘビなど、もちろん、どこにもいない。

翌日《よくじつ》、わたしは近所の神社へ、例のしっぽを持ちこみ、事情を話して手厚く祝詞《のりと》をあげてもらった。

それ以来、あやしいことは起きていない。

うしろの正面

いまから十数年まえのこと。

日本中をまたにかけ、ご当地自慢《じまん》のラーメンを取材して歩いている友人がいた。

名前を比嘉《ひが》といい、沖縄《おきなわ》出身の元気な男だ。


ある日、比嘉《ひが》から電話が入った。

「今晩《こんばん》うま～いハヤシライス作るから、ぜひとも食べにきてくれ」

わたしの好みを知りつくした、嬉《うれ》しくも、あやしいさそいだ。

この男、方々を歩くがゆえに、やたらといろんなものを持ちこんでくる。もちろん〝霊的《れいてき》に〟という意味で……。

こうして食べ物でつろうとするときは、必ずやっかいな事案が待ち受けている。

しかしわたしの〝ハヤシライス好き〟はおそらくだれにも負けることのない〝筋金入《すじがねい》り〟。行かない手はなかった。

うまいハヤシライスを食べ終え、くつろいでいると、とうとつに比嘉《ひが》が切り出した。

「夢見が悪いんだよな。ここんとこ」

「ふ～ん」

比嘉《ひが》のせいでわたしは散々心霊的《しんれいてき》に〝楽しい〟思いをさせられているだけに、〝ざまあみろ〟と一瞬《いっしゅん》、思ったことは確かだ。

ここで比嘉《ひが》に「どんな風に」なんて、聞いてはいけない。

そんなことをしたら、またわたしの方が〝もらってしまいそう〟だったので、軽く流すことにした。

「どうしたって、聞いてくれないのか？」

「聞いてほしいのかよ！」

ハヤシライスももらっているし、これ以上の無視《むし》は難《むずか》しいとさとったわたしは、いやいやながらも聞いてやることにした。

「寝《ね》るときに、ふつうに目ぇ、つぶるよな。すると、どこからともなく聞こえてくるんだ……あの歌」

「う、うた?」

ドキドキしていた。ものすごくいやだった。とてつもなくいやな感じがして、そこから先は聞きたくなかった。

「わぁかったからっ! もういいって。それはだな、あの……あれだ、あれ……」

特別なにも考えていない頭から、気の利《き》いたセリフが出るはずもなかった。

ふと比嘉《ひが》の顔を見ると、真剣《しんけん》な顔でじいっとこちらを凝視《ぎょうし》している。

コーヒーでもいれようかと、わたしはすっと立ち上がり、勝手にキッチンへ行った。

まだまだ話し足りないようで、比嘉《ひが》の目線がわたしを追いかけてくる。

その目はしきりに、なにかをうったえているが、いやなものはいやだ。

なんどもいうが、わたしはすごくこわがりなのだ。

「なぁ、まだ続きがあるんだけど……聞く気、全然ないみたいだな」

なおも話を続けようとする比嘉《ひが》をふりきるため、わたしはトイレへにげこむ作戦に出た。

(おれってばかだな。コーヒーなんかいれたら、なおさら帰れなくなる！)

便座《べんざ》にこしかけ、そんなことを、ふと思ったときだった。

わたしの目のまえにある、トイレのドア上部が鳴った。

ドッ……ミシッ

なにか重いものを、むこうからドアにぐっとおし付けているかのような音。

瞬間的《しゅんかんてき》に比嘉《ひが》がいたずらをしているのだろうとも考えたが、そうではない。

そんな動きではないのだ。

ずっとドアを見ていると、こんどは音が下に向かって移動していくのがわかる。


ジッ……ジリッ……ジジッジジジジジッジジリジリジリジリッ……

あたりまえだが、ドアのむこうでなにが起こっているかを見ることはできない。

なのに、わたしの頭の中に、ある画像が鮮明《せんめい》に送りこまれてくるのだ。

緑色のワンピースを着た、やせ細った女。ざんばらに乱《みだ》れた髪《かみ》。

そいつが両手で髪《かみ》をかきむしりながら、頭をドアにおし付け、そのまま少しずつかがんでいっている。

（なっ！　だ、だれだよこれ！）

そう思った瞬間《しゅんかん》だった。

まるでドアにべったり張り付くような声で、それは聞こえてきた。


かぁ……ごぉめぇ……かぁ……ごぉめぇ……


こわさよりも、人をおどろかそうという、その心根に無性《むしょう》に腹《はら》が立ってきた。

こうなれば、相手がなんであっても関係ない。そこになにかがいるならば、面と向かって文句をいってやろうと、わたしは勢いよくトイレのドアをおし開けた。

しかし、なにもいなかった。

そこにいたであろう者の姿《すがた》はどこにもなく、さきほどの声も、はたとだえている。

(比嘉《ひが》がいってた歌はこれか……)

そう気付いて、いまわたしが体験した話を聞かせようと、リビングのドアを開けた瞬間《しゅんかん》。比《ひ》嘉《が》がさけんだ。

「わあああっ!! そ、それっ、だれだよおおおおおっ!」

なかばパニックになった比《ひ》嘉《が》の指は、わたしの真うしろをさしていた。

厳《げん》重《じゅう》事故物件

十八歳《さい》のころ、札幌《さっぽろ》に住んでいたときのことだ。

中心部からはなれたN町というところで、近くにはサケがのぼる大きな川も流れている。


ある日、一本の電話があった。

それまで、せまくきたないアパートに住んでいた、友人の柴田《しばた》からだ。引っこし先を聞くと、

「引っこしたさ」

わたしの住むN町だという。

その晩《ばん》、さっそく友人連中をさそって、引っこし祝いに出向くこととなった。

待ち合わせ場所を決め、むかえにきた柴田《しばた》と落ち合い、ぞろぞろと柴田《しばた》の車に乗りこむ。

しかし引っこし先に着いたわたしたちは、目のまえのマンションを見て、心底、足がすくん

でしまった。

「これってさ……」

いっしょにきた友人の巴《ともえ》が息をのむ。

「ああ、まちがいないっしょ」

木ノ内がうなずく。

「これは……まずいな……」

わたしもそれ以上の言葉が出ない。

そこにいた友人たち全員が、そのマンションには見覚えがあった。

少しまえに、新聞やテレビで大きく報道されていた経緯《けいい》があるからだ。

そこに住んでいた男が、自分の妻と子どもをしめ殺し、その後、自分自身も首つり自殺をとげたという壮絶《そうぜつ》なニュースだった。

地元の人間なら当然だれでも知っているはずのニュースを、柴田《しばた》は知らないらしい。

しかし、その場にいるだれも、その事実を口にできないでいた。

一階の入り口から、うす暗いエントランスをぬけ、エレベーターに乗りこむ。

「なん階?」

エレベーターが動き出した直後に、わたしは柴田《しばた》に聞いた。

「ん? ○階だよ」

柴田《しばた》以外の三人がだまりこむ。

「どしたぁ?」

まずい。顔に出たらしい。

柴田《しばた》の口から出たのは、まさにその〝問題の階〟だった。

「なん号室?」

巴《ともえ》が聞く。

「○○号室だけど……」

一瞬《いっしゅん》にして三人の顔色が変わったのを見て、柴田《しばた》が不思議そうに一同の顔を見る。

柴田《しばた》が引っこしたといばっていた自慢《じまん》の部屋は、〝厳重《げんじゅう》事故物件〟だったのだ。

火災や事件、死亡《しぼう》事故や自殺などがあったマンションやアパート、土地などのことを事故物件という。

エレベーターを降《お》りた柴田《しばた》は、いそいそと歩き出した。

うしろからついて行くわたしたちの心臓《しんぞう》は、早鐘《はやがね》のように鳴りひびき、いまにも緊急《きんきゅう》停止しそうだった。

「さぁどうぞ！」

なんのためらいもなくドアを開けた柴田《しばた》は、満面の笑《え》みでいった。

「お、おじゃまします……」

ここまできて「遠慮《えんりょ》します」といえるはずもなく、三人はその問題の空間に向けて入っていった。

部屋の中はこざっぱりと片付《かたづ》けられ、とてもあんな事件があった場所には思えない。

「なかなかいいっしょ、ここ」

くったくなく笑う柴田《しばた》を見て、一刻《いっこく》も早くそこを出たいわたしは、内心ふざけるなとさえ感じた。

しかしもともと几帳面《きちょうめん》な柴田《しばた》の性格が幸いして、実にセンスよくまとめられたリビングにいるうちに、わたしたちの恐怖《きょうふ》にも似た不安感は、じょじょにうすれていた。

「すげえ安かったんだわ、ここ」

柴田《しばた》が切り出す。

「安いって家賃《やちん》が？　いくらくらい？」

わたしの問いかけに、柴田《しばた》は平然としていった。

「三万円」

「うそだべっ!!」

部屋の中にきれいなトリオコーラスがひびく。

「うそでないって。敷金《しききん》もかからんかったし……」

「だって……ここ、４ＬＤＫはあるよね！」

どう考えても破格の安さであることを柴田《しばた》に気付かせようと、わたしは白々しくいった。

「あのさ……ちょっと聞きたいんだけど……」

ようやく柴田《しばた》がいぶかしげな顔をしていった。

「さっきから変に気になるんだけどさ、なにかあるわけ？」

「な、なにがよ……？」

柴田《しばた》の問いに、わたしはとっさに言葉が出なかった。柴田《しばた》が少しいらだって続けた。

「だってさ、さっきからなんだかおかしいって、みんなの態度！　なによ、なんかあんならいいなや！」

三人ともだまりこんでいる。

少しの沈黙《ちんもく》のあと、思い切ってわたしは切り出した。

「あのさ、おまえ、ここに入って、なん日目よ？」

「えっと……今日で……十日目だな」

「なんもないか？」

「だから、なにがさぁ？」

わたしは、この部屋であったことを、柴田《しばた》にそっくり話して聞かせた。

しかしすべてを聞き終わったあとの彼《かれ》の反応が、わたしたちをなおさらおどろかせた。

「ふ～ん、そうなんだぁ……」

「『そうなんだぁ』って、そんなかんたんな話じゃないだろ！」

自然とわたしの声は大きくなっていた。

「出なって！　ここ！」

巴《ともえ》と木ノ内も口をそろえる。

「えー、いいよぉ別にぃ……」

当の本人は相変わらずの反応。

「ちょっと待て！　別にってなんだっ!?　し、し、死んでんだぞ、ここで三人も！」

もうわたしは、いらだちをかくせなかった。

「だってさ、いまんとこ別になんもないし、そりゃ確かにそんなことがあったってこと自体、決して気持ちよくはないけどさ……」

結局、なにをいっても柴田《しばた》はこの調子なので、わたしたちもそれ以上、いうことをやめた。

冷たいようだが、彼《かれ》のためには自分で身をもって体験してもらうことが、いちばんいいような気もしていたからだった。

しかし数週間後、巴《ともえ》からの電話で、わたしはそれが失敗だったことを思い知る。

「柴田《しばた》な……だめだわ、あれは……。この間、近くのスーパーで見かけたんだが、めちゃくちゃやせこけてて……あれは半端《はんぱ》ないぞ！」

その晩《ばん》、わたしは巴《ともえ》と木ノ内に声をかけ、柴田《しばた》を呼《よ》び出した。

「どう、元気かい？　すんごいやせこけて、どうしたぁ？」

わたしの言葉に柴田《しばた》がぼそっと返す。

「うん……まぁ……」

少し間を置いて、柴田《しばた》が続けた。

「あのな……実はあれから……毎晩《まいばん》くるんだわ……」

「だれがよ？」

全員で柴田《しばた》の言葉を待つ。

「男……だな、あれは。ベッドで寝《ね》てるとずっしりと上に乗ってくる」

「そ、それで……？」

ゴクッと、わたしののどが鳴る。

「おれに馬乗りになってさ、直後に『シュル』って音がする。その音な、聞き覚えがあるわ、おれ……。あれ、まちがいなくネクタイ、はずす音だ」

「……」

聞いているだれも言葉を発せなかった。

……そう。そうなのだ。

その部屋で殺害された妻子は、男が自らしめていたネクタイでしめ殺されていた。

「とにかく今日はおれの家に泊《と》まって、明日すぐに、おまえの実家に荷物運ぼう！」

わたしは柴田《しばた》を説得し、半ば強制的にそう決めた。

そして次の日、わたしたちは生涯《しょうがい》、忘《わす》れることのできない体験をすることになる。


引っこし当日の早朝、わたしたちは柴田《しばた》の家の近くにある喫茶店《きっさてん》に集合した。

三人では心細いこともあり、さらに別の友人ふたりに助《すけ》っ人《と》を依頼《いらい》していた。

快く引き受けてくれた彼《かれ》らの到着《とうちゃく》を待って、柴田《しばた》の家へと足を運ぶ。

早くも引っこし会社のトラックが到着《とうちゃく》していた。

「おはようございます。早いですね」

「え、ええ、まあ……」

引っこし業者にわたしは声をかけてみたが、返ってきたのは気のない返事だった。

それを見ていた助《すけ》っ人《と》の山田が切り出した。

「なにかあったんですか？」

「いやあのね、ここに着いてすぐに、依頼《いらい》された部屋に行ったんですがね……若《わか》い人のひとり暮《ぐ》らしって聞いてたんですけど、ちがうんですか？」

「はっ？　どういうことです？」

聞き返した山田とわたしの顔を交互《こうご》に見て、その業者はいいにくそうにしている。

するとそばにいた年配の業者が話し出した。

「いや、インターホンをおしたらね、中年の男性が出て『うちは引っこしなんか、たのんでねぇ！』ってどなられましてね……」

「部屋をまちがった……とかじゃなくてですか？」

もうひとりの助《すけ》っ人《と》・島崎《しまざき》が聞く。

「いやいやそんなことは絶対にないわ。表札、ローマ字で書いてある部屋でしょう!?　いちばんおくの部屋」

年配の方の業者がいうことは、まちがっていなかった。

確かに〝彼《かれ》〟はあそこにいるのだ。あの部屋から柴田《しばた》を出すまいと、引っこし業者を断ったのだ。

これは一刻《いっこく》の猶予《ゆうよ》もない。わたしは、なんとか引っこし業者をなだめすかし、作業を予定通り強行することにした。

柴田《しばた》と我々《われわれ》友人五人、引っこし業者で徒党《ととう》を組んで例の部屋に向かう。

エレベーターがその階に着き、ドアが開いた瞬間《しゅんかん》。

バターン!!

その場にいた、だれかがさけんだ!

「いま、いちばんおくの部屋のドアが閉《し》まったぞ!」

いちばんおくのドア……それが柴田《しばた》の部屋であることは、その場にいるだれもが認識《にんしき》している。

それぞれ手にした梱包材《こんぽうざい》が、一気に重くなったように感じる。

だれかが、ゴクリとつばをのむ。

当の柴田《しばた》は〝心ここにあらず〟といった面持《おもも》ちで、うしろからとぼとぼとついてきている。

柴田《しばた》の代わりに、わたしがかぎを開け、部屋の中に足をふみ入れると、巴《ともえ》がぼそりとつぶやいた。

「なんだ？　このにおい？」

線香《せんこう》のにおい……。

それはみんなすぐにわかった。だが、だれもそれを口にしない。

いま自分が置かれている現実を確認《かくにん》したくないからだ。

それぞれ手分けをして荷造りを始める。

バスルームとトイレは、この部屋の主であった柴田《しばた》が片付《かたづ》けていた。

そのときだった。

うわあああああああああああっ！


おおよそ男子とは思えないさけび声がひびいた。

ひとかたまりになって、全員がバスルームにかけつける。

柴田《しばた》がしりもちをついて、あっけに取られていた。

「ど、どうしたっ！」

「ちょ、ちょっとどいてくれっ！」

わたしの質問に答える間もなく、柴田《しばた》はリビングににげ出した。

「なんだよ、いったいどうした?!」

柴田《しばた》が落ち着くのを待って、わたしは同じ質問をした。

血の気の引いた顔で、ようやく柴田《しばた》が口を開く。

「いままでよ……実体は見たことなかったさ……」

「じったい？」

その場にいる全員が聞き返す。

「バスルーム片付《かたづ》けてたら、背後《はいご》で『カチャッ』ってドアが開く音がした……。

見るとドアが10センチくらい開いて、す、すき間ができてる……。

なんだろうと思って、視線《しせん》をずーっと下へ持って行った……」

小刻《こきざ》みに柴田《しばた》の肩《かた》がふるえている。

「そのすき間のいちばん下の……ゆか、すれすれのところから……」

「と、ところから……？」

全員が固唾《かたず》をのむ。

「見たこともない男が！　……横向きにのぞいてた！」

柴田《しばた》はさけぶようにいい放った。

「うそだべっ？」

木ノ内がぼそっという。

「ほんとだってやー！」

そういうなり、柴田《しばた》は人目もはばからず大泣きを始めた。


ここから全員、一気にたたみこむような状況《じょうきょう》で、引っこし作業をこなした。

残すはおくに置かれた数さおのたんすのみとなった。

休憩《きゅうけい》も取らずに作業を続けたせいもあって、その時点で、全員がかなり疲労困《ひろうこん》ぱいしていた。

「ここから先は、業者の人たちにやってもらおうや」

わたしはそういうと部屋の中をぐるりと見まわし、柴田《しばた》自身に忘《わす》れ物がないかを確認《かくにん》させた。

ほんの少し安堵感《あんどかん》を得たわたしたちが、ぞろぞろと玄関《げんかん》に向かったそのときだった。


おいぃぃぃ……ちょっとまぁてぇぇぇ……


「あぁ？」

思わずわたしは返した。

「……いまの……だれよ？」

友人たちも聞き返す。

見ると全員が玄関《げんかん》にいる。その声は部屋のおくからひびいていた。

「うわああああああああああっ！」

いままでなんとか冷静さを保っていた全員がさけんだ。

「ドアッ！　ドアが開かねえーっ!!」

巴《ともえ》が必死にドアに体あたりしているが、まるで溶接《ようせつ》でもされたかのように、ドアはびくともしない。わたしをふくめ、そこにいる全員が半狂乱《はんきょうらん》になっていた。

こちらのパニックをあざ笑うかのように、おくからは〝ガタガタ〟と大きな音がする。

そのとき、だれかがさけんだ。

「ちょっとみんな冷静になんなって！」

そのひと声で全員落ち着きをとりもどした。我々《われわれ》に同調するかのように、おくの部屋で鳴っていた音もとだえている。

巴《ともえ》が再びなんどか、かぎをガチャガチャやっているうちに、やっとドアが開いた。

「ひとりずつ、ゆっくり出よう……」

わたしがいい、みんながそっとくつをはく。

なん人かがろう下に出たときだった。


そぉんなにぃぃ……こぉわいかぁぁ……

玄関《げんかん》にほど近いバスルームから、低い声がひびきわたった。

トロイメライが聞こえる

十数年まえの秋口。

わたしは、友人である多治見の父君の通夜《つや》に参列するため、東京都内の一角を歩いていた。

周囲は閑静《かんせい》な住宅街《じゅうたくがい》で、「建物だけでも数億はしそうだな……」などと、さもしい想像をしながら、てくてく歩いていた。

多治見の父は貿易会社を一代で築き上げ、最近、長男である彼《かれ》に、会社のすべてをゆずりわたしたばかりだった。

それだけに多治見の心労は思いのほか大きく、周囲の者もいたく心配していた。

もう少し歩けば多治見の自宅《じたく》……というあたりまできたときだ。

どこからともなく、ピアノの音が聞こえてきた。なんとも切なげな旋律《せんりつ》。

「うん？　これは……トロイメライか。好きだなぁこの曲……」

わたしはなにげなく曲を口ずさみながら、「これは単調だが、本当に不規則な拍節《はくせつ》だな……」などと、専門家《せんもんか》みたいなことをひとりごちていた。

「なにひとりごと、いってんだ？」

おどろいて視線《しせん》をやると、喪服姿《もふくすがた》の多治見が立っていた。

「あんまりおそいから見にきたんだ」

「おう、悪い悪い！　思いのほか電車が混《こ》んでてな」

「全然理由になってねえよ！」

多治見の家につき、屋敷内《やしきない》の一室を借りて礼服に着替《きか》え、一階の大広間に下りる。

そして気付いた。

この不規則な拍節《はくせつ》……トロイメライ。

さっき道すがら聞いたのは、この家の中から聞こえているらしかった。

確かに多治見の父は、プロ顔負けのピアノの腕《うで》まえで、多治見自身も幼少《ようしょう》からピアノの英才教育をほどこされたと、以前なにかの折に聞かされたことがある。

故人をしのぶために、生前好きだった曲を流す。いまではとくにめずらしくもない演出だ。

参列者はとにかくすごい顔ぶれで、各界の著名人《ちょめいじん》が集まっている。金色の袈裟《けさ》をかけた僧侶《そうりょ》がなん人も到着《とうちゃく》し、荘厳《そうごん》な読経《どきょう》が始まった。

そのうち、わたしにも焼香《しょうこう》の順番がめぐってくる。

まえへ進み出て、手を合わせる。目を閉《と》じると、生前の故人との思い出がうかんできた。

よっぱらうと、どこででも踊《おど》りだし、人情物の映画《えいが》を見ては声を出して泣きじゃくる。好みのインスタントラーメンが同じで意気投合し、朝まで飲みあかしたこともあった。

億万長者になってからも、貧乏《びんぼう》なころに借金して買った古い車を手放さなかった……。

それらすべてをかかえて、棺《ひつぎ》に納《おさ》まってしまった故人。

なんだかまるで自分の父親がそこにいるようで、わたしは数年まえに経験した、自分の父との別れを思い起こしていた。

すると、さっきからずーっとくりかえしかかっているトロイメライの曲が、一瞬《いっしゅん》、ぐいっと大きくなったように感じた。

ふとふりかえるが、ただの気のせいだと思い返した。


夕方近くに葬儀《そうぎ》がすべて終了《しゅうりょう》し、二階の大広間でお清めの会が始まった。

ビールを持って酌《しゃく》にきた多治見に、「まぁ座《すわ》れ」と声をかける。

うなずきながら座《すわ》った多治見は、顔をくしゃくしゃにして泣いている。

「ばかやろう」

軽く頭をこづいても、「ああ、ああ」といいながら、また泣いている。

そんな多治見の姿《すがた》に、いつの間にかわたしも、いっしょになって泣いていた。


「大丈夫《だいじょうぶ》か？」

帰りがけに、多治見に再び声をかける。

「大丈夫《だいじょうぶ》だ」

多治見から返ってきたのは、それだけだった。

大きな香典《こうでん》返しの包みを手わたそうとする多治見に、それをつっかえし、わたしは家路についた。

葬儀《そうぎ》から数日後、多治見から電話がかかってきた。

「この間はありがとうな。おかげでいろいろ助かったわ」

「いやいや……」

「ところで、近々一度、どこかで会えないかな？」

いつもより低いトーンの声が気にかかった。

「いいけど……なにかあったか？」

「うん……まぁ。ハハハ、いろいろとな。ちょっと折り入って相談したいこともあってな」

妙《みょう》に、おく歯になにかがはさまったようないい方が気になったので、三日後に渋谷《しぶや》にある行きつけの店で、わたしは多治見と落ち合った。

「なんだ、どうした？　金が余って困《こま》ってるなら、おれに任せろ！」

「ばーか！」

わたしの軽口に多治見も冗談《じょうだん》っぽく返すが、顔は笑っていない。

「ばーかじゃねえよ。……なにかあったのか？」

少し間をおいて、多治見がぽつりと話し始めた。

「実はな……あれ以来、連日、同じ夢を見るんだ」

「同じ夢だぁ？」

「まじめに聞けって。本当なんだ」

多治見の様子を見て、わたしは冗談《じょうだん》めかすのを止《や》めた。

「あれ以来……って、通夜《つや》の日からってことか？」

「いや、正確にはそのまえの晩《ばん》からなんだが」

「親父《おやじ》さんが亡《な》くなったのって、確か……通夜《つや》の二日くらいまえだったよな？」

「ああ。日が悪いからって、葬儀《そうぎ》は一日延《の》ばしたんだ」

「それで？　どんな夢を見るわけさ？」

ゴクリとつばを飲みこむと、多治見はその「夢」の内容を話し始めた。

「おまえ、うちのリビングにグランドピアノがあるの知ってるだろ？」

「おう！　あのフルサイズのスタインウェイな。しかもあれって、クラウンジュエルだよな？」

スタインウェイは世界三大メーカーのひとつで、非常に高価なピアノである。中でもクラウンジュエルは、銘木《めいぼく》を使って作られる特別注文品だ。サファイアやオパールなどといった貴石《きせき》の名前が付けられている。

「よく知ってるな」

「あたりまえだ！　マホガニーのスタインウェイなんか、そうそうあるもんか！」

「うん、まあいいや。あのピアノをな、毎晩《まいばん》、親父《おやじ》がひいてるんだよ、いまも……」

「そりゃおまえの残留イメージだろ」

「残留イメージ？　なんだそりゃ？」

「つまり、おまえの記憶《きおく》の中にある親父《おやじ》さんのイメージが、ピアノの存在《そんざい》とだぶってるんだよ。『いつも、あのピアノを親父《おやじ》さんがひいてた』大なりイコール『ピアノの存在《そんざい》』……みたいな感じだな」

わたしの言葉に、先ほどまでおさえ気味だった多治見の声が、急に大きくなる。

「いや、そうじゃない！　実際に階段《かいだん》を下りてみて、親父《おやじ》がひいてるのを見たんだ」

「まてまてまて！　『見たんだ』っていわれても、それはあくまで夢の中の話だろ？　だからそれは残留……」

「ちがうんだって！　本当におれは見たんだ！」

「それは夢とはいわないだろうが……」

多治見は、はっとしたような表情をしたあと、少し落ち着いて続けた。

「すまん。しかもその音、家中のみんなが聞いてるんだ」

「音？　ってことは、なにか楽曲を奏《かな》でてるってことか？」

「ああ。親父《おやじ》が生前、もっとも愛した曲だ。メジャーな曲だがな。シューマンだ」

「シューマンのなんだよ？」

「トロイメライだ」

「ああ、そういえば通夜《つや》の日もずーっとかかってたよな」

「んっ？　なんだって？」

「いやいや、この間の通夜《つや》の日も最初から最後まで、かかってたよねっていったの」

多治見がわたしを凝視《ぎょうし》する。

「かけてないよ」

「なにがだよ?」

「トロイメライ……そんなの、かけてない」

「なにいってんだよ。おれはあの日、おまえんちに着くまえから、外に流れてくるのを聞いてんだぞ」

「そんなわけないだろ」

「人を担《かつ》ぐ気か!? ちゃんとおれは、あの日だな……」

一から説明しようとするわたしの言葉を、多治見がさえぎる。

「いいか、冷静に考えてみろ。それって、どんだけの大音量だよ?」

「あっ……」

そう、いまになって考えてみれば、あり得ないことだらけだった。

多治見の家があるあたりは豪邸《ごうてい》といえる大きな家が多く、わずか一区画といえど広範囲《こうはんい》だ。

わたしがいた所まで音楽が聞こえるようにするためには、かなりの音量が必要となる。そうなれば、その音源《おんげん》近くは葬儀《そうぎ》どころか、だれひとり、いられるはずがない。

あの家へ向かっているときも着いてからも、わたしの耳に届《とど》いた音量はほぼ一定だった。

そして葬儀《そうぎ》の間、しかも読経《どきょう》の間でさえも、絶えずループで同じ曲を流す……それは確かに考えづらいことだった。


わたしは、親父《おやじ》さんが残したひとつの〝遺志《いし》〟をひもといてみた。

かかっていたのはドイツの作曲家、シューマンのトロイメライ。

実はこの曲、十三曲からなるピアノ曲集「子どもの情景」の第七曲にあたる。そして曲名「トロイメライ」とは「夢」を意味するのだ。

故人は旅立ちに際して、残してゆく子どもたちに思いをはせた。

子どもたちがまだ幼《おさな》かったころのこと……そして、いままさに自分のあとを継《つ》がせることができた喜び……。


トロイメライ。

それは、「人生をかけた『夢』がかなった」という親父《おやじ》さんの、心のさけびだったのではないだろうか。

呼《よ》ぶ者いく者

いまから二十年近くもまえになるだろうか。

当時わたしが住んでいた家のすぐ近くに、国道が通っていた。

ある日曜日の昼下がり。

その日は天気もよく、久しぶりの〝完全ＯＦＦ〟を満喫《まんきつ》し、家でごろごろしながら、わたしはのんびりと過ごしていた。


グワッシャッ！


いきなり家にほど近いあたりから、大きな破壊《はかい》音が聞こえた。

（事故だ！）

すぐにそう察したわたしは、サンダルをつっかけ国道の方へと急ぐ。野次馬心《やじうま》があったことは確かだが、それ以上に、けが人がいるなら、救助しなければという気持ちが働いていたからだ。

現場は家の目と鼻の先にある、有名ファストフード店のまえだった。

国産の小型乗用車が、対向車線からきた大型ダンプカーと、正面衝突《しょうとつ》している。

ダンプカーのフロント部分は、車軸《しゃじく》部分であるアクスルごと外れてしまっており、衝撃《しょうげき》の大きさをまざまざと物語っていた。

よほどの勢いでつっこんだのだろう、小型乗用車の車内のものと思われる、さまざまな荷物が路上に散乱《さんらん》している。

中でもその場にいた者の目をひいたのは、半紙にびっしりと書かれたわけのわからない、呪《じゅ》文《もん》のような文字群だった。

それも一枚《まい》や二枚《まい》ではない。

数百枚《まい》におよぶのではないかという半紙が、あたり一面に広がっているのだ。それは、実に異様《いよう》な光景だった。

乗用車の中には男女がふたりおり、どちらもぐったりとして身動きひとつしない。特に運転席にいる中年の男性は、頭部から顔面にかけて血だらけで、一見して重篤《じゅうとく》な状態だとわかった。

幸いすぐ先に消防署《しょうぼうしょ》があり、そこからレスキュー隊と救急隊員がかけつけ、その後に到着《とうちゃく》した警察官《けいさつかん》と共に、迅速《じんそく》な救助活動が展開《てんかい》されていく。

車の周囲にブルーシートがかけられ、周辺に集まった野次馬《やじうま》から見えないように目かくしがなされた。油圧機器を使って極端《きょくたん》に変形した車体がおし広げられ、ようやく運転席の男性がストレッチャーにのせられる。

口や鼻から大量の血を流し、もし命があるなら一刻《いっこく》の猶予《ゆうよ》もない状況《じょうきょう》だったろう。

しかし残念ながら、救急車の中から「バイタルゼロ!」という声が……。呼吸《こきゅう》や脈拍《みゃくはく》、血圧などの〝生きている兆候〟を示す、バイタルサインなしということだ。

被害者《ひがいしゃ》が救出され、現場に張られていたブルーシートが撤去《てっきょ》されていく。

「あれ？　女の人は？」

野次馬《やじうま》の中から、こんな声が上がった。

そうだ、最初に乗用車を見たとき、確かに助手席に女性がいた。

わたしは思わず、現場の警察官《けいさつかん》に聞いてみた。

「えっ女性？　いや最初からこの車には、男性ひとりしか乗っていませんよ」

その言葉に、その場にいた野次馬《やじうま》のほぼ全員が驚愕《きょうがく》し、いっせいにさけび出す。

「おまわりさん、そんなはずないよ！　確かに女の人が乗ってたんだよ！　おれは見たんだから！」

「そうだ！　おれも見たぞ！」

「おれも」

「おれも！」

すると騒然《そうぜん》とする現場に、初老の警察官《けいさつかん》が静かに歩みよってきていった。

「確かにみなさんが見た女性は、いっしょに乗っていたのでしょう。しかし、ご覧《らん》の通りいま、ここにはいないんです」

一様に野次馬《やじうま》たちがけげんな顔をする。

警察官《けいさつかん》はかまわず続けた。そこで聞いた話は、いまでも忘《わす》れることができない。

「わたしも長くこの仕事をしてきたのですが、なんていうんですかね……ほんのわずかな確率なのですが、たまぁに、こういうことって起きるんです。

散乱《さんらん》していた紙の中の数枚《すうまい》は、彼《かれ》が書いたと思われる遺書《いしょ》めいたものでした。

『先日亡《な》くなった彼女《かのじょ》のもとへ行きます』

……そう書かれていたんですよ。

みなさんも飛散した、たくさんの半紙見たでしょ？　あれ……全部お経《きょう》ですわ」

先立った彼女《かのじょ》のもとへ行くために、ダンプカーに向かってつっこんだ男。

愛するがゆえに、死者は生ある者を連れ去ろうとするのだろうか。

本当に愛しているのなら、死のうとする者を必死に守ろうとはしないのか。

わたしは、やりきれない気持ちでいっぱいになった。

白い家の思い出

わたしは生まれてすぐ東京に引っこしてきて、時期がくると渋谷区《しぶやく》の幼稚園《ようちえん》に通っていた。

その幼稚園《ようちえん》はもともとカトリック教会だったらしく、日曜学校やクリスマスなど、キリスト教らしい行事が多くあり、幼《おさな》いわたしは、幼稚園《ようちえん》とはこういうところなのだと思っていた。場所がら、各国の外交官も多く住み、その幼稚園《ようちえん》にも数人の外国人が通っていた。

中でもわたしと仲良しだったのが、クリストファーというアメリカ領事の息子《むすこ》だった。片言《かたこと》の日本語を一生懸命《いっしょうけんめい》話す、とても元気のいい男の子で、みんなからは〝クリちゃん〟と呼《よ》ばれていた。

クリちゃんの家は、真っ白い大きな家で、広い庭には同じく真っ白のブランコやシーソーが置いてある。

背《せ》の高い金髪《きんぱつ》のお母さんが乗る、大きな外車が本当にかっこよくて、よく帰りに乗せてもらったものだ。

ある日、いつものようにクリちゃんの家に遊びにいったときのこと。

門へとつながる急な坂道を、わたしが自転車をおしながら上っていると、右側のしげみから、ひょっこりクリちゃんが顔をのぞかせた。

しかしその顔にいつもの笑《え》みはなく、眉間《みけん》にしわを寄せて、ひどく険しい表情でわたしをじっとにらんでいる。

「ご、ごめんね！　ウサギにえさをやっていたら、ちょっとおそくなっちゃった！」

本当はちっともおそくなんてなかったが、わたしは思わずそうあやまっていた。

とにかくなんでもいいから話しかけないと……そんな雰囲気《ふんいき》だったのだ。

でもその子は、わたしの言葉には一向に興味がないといった面持《おもも》ちで、再びしげみの中にかくれてしまった。

「ねえ！　あれっ、どこ行ったの？」

自転車を坂のとちゅうに置いて、わたしはすぐにあとを追ったが、クリちゃんの姿《すがた》をみつけることはできなかった。

（なんであんなに怒《おこ》ってるんだろう……）

不思議に思いながら元いた場所までもどり、自転車を引きおこしたものの、わたしはどうしたものかと、その場に立ちつくしていた。

するとふいに門が開き、中からクリちゃんのお母さんが顔を出した。

「オー、イラッシャイ！　クリストファーガ、マッテマスヨ！」

わたしはひどく気まずい感じがして、にこにことほほえむお母さんが、おそろしい魔物《まもの》かなにかのように感じたのを覚えている。

「ホラホラ、コッチネ！」

それでもお母さんにうながされ、わたしはいつも遊んでいる広い庭に通された。

そこに置かれた、これもまた真っ白いテーブルセットに、クリちゃんがちょこんとすわっている。

「マッチャン！」

わたしがきたとわかると、クリちゃんはいつものように、わたしをハグしてむかえた。

さっき見た険しい表情はみじんもなく、むじゃきな子どもそのものの顔をしている。

それからわたしは、なにごともなかったかのように、クリちゃんと庭をかけまわったり、芝生《しばふ》をほって家政婦さんにしかられたりして、楽しい時間をすごした。

あっという間に時間は過ぎ、気がつけば、日はだいぶ西にかたむいている。近所の小学校から、いつものように「夕焼け小焼け」のメロディが流れていた。

「ぼく、そろそろ帰るね」

「マタアシタ、アソボウネ!」

「うん、じゃあね!」

クリちゃんにあいさつして、自転車を引いて門を出かかったときだった。

「!」

家の横にある自転車を置いていたスペースに、子どものかげが見える。

シルエットのように、ぼんやりと子どもの形にうかびあがっているのだ。

「あっ!!」

思わず出てしまったわたしの声に、クリちゃんとお母さんがふりかえったときには、もうそのかげは消えていた。

クリちゃんがひとりっ子だったのは、まちがいない。親戚《しんせき》などが同居していたというのも考えにくかった。

幼稚園《ようちえん》に通う二年間、クリちゃんの家にはなんどか遊びにいったが、それからもたびたび〝もうひとりのクリちゃん〟は現れた。

でも特にクリちゃんや家族、わたしに危害《きがい》を加えることもないとわかり、わたしはじょじょに〝そういうものを気にしない技《わざ》〟を覚えていった。

その後、クリちゃんは私立《しりつ》のミッションスクールへ、わたしは区立小学校へと入学。しばらくは行きききが続いていたものの、そのうちにクリちゃんはアメリカ人の友人と、わたしもクラスメートと遊ぶことが増え、次第《しだい》にふたりの距離《きょり》は開いていった。

三年生のときに、わたしは北区の学校に転校し、その一年後には遠くはなれた沖縄《おきなわ》に移ったので、クリちゃんとはそれっきりになった。

中学二年生のとき、東京に行く機会があり、わたしはなつかしい渋谷《しぶや》を訪《たず》ねた。

昔の友だちは、まだほとんどが渋谷区《しぶやく》にいて、わたしがきたことを知ると、ちょっとしたクラス会を開いてくれた。

そこでだれがいうともなく、クリちゃんの話になった。

「そういえば中村君、クリちゃんとめちゃくちゃ、仲が良かったよね」

「そうそう！　いつもいっしょにいたもんねー」

女の子たちが、はやしたてる。

でもそれを聞いていた茂木《もぎ》が急に真顔になって、こんなことをいいだした。

「おれは……あの家は行っちゃだめだって……そういわれてた……」

「ええっ？　だれに？」

その場にいた全員が茂木《もぎ》にたずねる。

「うちの親なんかにだよ」

「なんで!?　アメリカ人だからってこと？」

女子のひとりがいった。

「ばかっ、ちがうよ！」

「だったら、なんで……」

全員の責めるような視線《しせん》が茂木《もぎ》に集中する。

「まあ、ちょっと待て待て、なあ茂木《もぎ》、よかったらその理由、教えてくれないか？」

できるだけおだやかな感じで、わたしは茂木《もぎ》に答えをうながした。

「理由？」

「うん、親が行くなっていった理由だよ」

茂木《もぎ》は全員の顔を見回してから、話しはじめた。

「じゃあ話すけど、おまえら、絶対笑うなよ……」

そういって、茂木《もぎ》が話した〝クリちゃんの家に行ってはいけない理由〟はこんな話だった。


いまから七十数年まえ、日本とアメリカとの太平洋戦争は終わった。

戦争に負けた日本は、アメリカが主導する連合国軍の占領《せんりょう》下となる。

クリちゃんの家族が住んでいた家は、このときにアメリカ軍が建てたものらしい。アメリカの官僚《かんりょう》や軍の幹部らが住むことを考え、あつらえも造りも、こりにこったすばらしい建物だった。

アメリカ軍の最高司令官、ダグラス・マッカーサーもなんどか宿泊《しゅくはく》しているといううわさもあった。

ところがある年の夏、この家に住むアメリカの軍人がとつぜん、妻と六歳《さい》になる長男を、持っていた銃《じゅう》で撃《う》ち殺してしまったという。心を病《や》んでいたのだろうか、その後軍人も、自らこめかみを撃《う》ちぬいて命を絶った。

以来、この家は〝血染《ちぞ》めの白屋敷《しろやしき》〟と近所で呼《よ》ばれるようになった……。

茂木《もぎ》はこの話を両親から聞かされていたのだ。

クリちゃんがその後、どうしているのか気になったが、集まった友人たちの話では、中学に上がるころには、人知れずひっそりと、その土地からいなくなっていたそうだ。

あの日、わたしが見た、あの白人の少年。
あれは父親に撃《う》たれてしまった男の子だったのだろうか。
そしていまもまだ、あの場所にいるのだろうか。

だとしたら、一日も早く天にあがることを願ってやまない。

乗った電車は……

ある秋のこと。

わたしは、東京都内で開催《かいさい》される、ある企画《きかく》のミーティング会場へと向かっていた。

家から十五分ほどのところにある駅で、いつものようにきっぷを買い求め、少しあまった時間で駅構内の店でコーヒーを買った。

列車の到着《とうちゃく》時間を見計らって、飲みかけのコーヒーカップを持ってホームへと下りていく。

通勤《つうきん》時間を過ぎていることもあり、人の数はごくまばらだった。

混《こ》んでいるのはきらいだし、自分にはこれくらいの人出がちょうどいい。

ホーム係員がハンドマイクを持ち、次に入線してくる列車の案内を始めたちょうどそのとき、極《きわ》めて病的なせきばらいがなんども聞こえてきた。

初老の男性だろうか、ガラゴロと大量の痰《たん》がからんでいるようなせきばらいは、いかにも〝わたし具合が悪いんです〟と表現しているようだった。

あたりまえの動作として、わたしは、それが聞こえる方へと視線《しせん》を向け、ごくあたりまえに〝せきばらいの主〟を発見する。やはり思った通り、初老の男性だ。

しかしここにひとつの問題があった。

それはその男性がいる〝場所〟である。

いま、まさに列車が入ってこようかという、ホームの下に降《お》りているのだ。

体は線路に降《お》り、ホームの端《はし》に両手をかけながら、目から上だけをのぞかせている。

入線警告《けいこく》が出ているホーム……線路に降《お》りている人……事故……。

頭の中に即座《そくざ》にその図式がうかぶ。

わたしはまえに並《なら》んだ乗客をおしのけて、男性に走り寄った。そして、初めてあることに気がついた。

見えている部分しか存在《そんざい》していない！　胴体《どうたい》も足も……そこには、それら一切《いっさい》が存在《そんざい》していなかったのだ！

ぐぁはっ！　ぐぐぉぉぉろろろろ！

男性はひときわ大きくのどを鳴らすと、近付いたわたしに気を向けることもなく、入ってきた列車にかき消されてしまった。

(昼間っから、いやなものを見たな……)

そう思いながらわたしは車両に乗りこみ、きっぷに刻印《こくいん》された指定席へ腰《こし》を下ろした。

ほどなくして列車が動き出し、次第《しだい》に回転を上げるモーター音と共に、車輪の音が聞こえてきた。

しかしこの列車、通常の車輪が刻《きざ》む音とはあきらかにちがう、〝もうひとつの音〟を持ち合わせていた。

ゴッゴッゴッゴッゴッゴッゴッゴッゴッゴッゴッ

ひんぱんに列車に乗る人であれば、一度は聞いたことがあるだろう。

列車の速度に比例して、足元からひびいてくる振動《しんどう》のような異音《いおん》。

車輪が、なにかの衝撃《しょうげき》でけずられてできるフラットという傷《きず》があると、騒音《そうおん》や妙《みょう》な振動《しんどう》などが起きる。

では、なぜフラットができるのだろうか。

鉄の線路の上を鉄製の車輪で走る列車は、急には止まれない。だからこそ列車はいくつかのブレーキシステムを備えている。

それらのブレーキを急激《きゅうげき》に作動させ、フラットを生じさせる事態とは……。

それは人身事故に他ならない。

(ああ、あのおじさん……この車両でか……)

わたしはいたたまれない気持ちのまま、ミーティング会場へと向かった。

ぼんぼち

「焼き鳥……食べるっしょ？」

いつだって、こんな感じでいきなり電話をかけてくる。

相手は北海道の南部生まれで、わたしと同じ年の友人、幸助《こうすけ》だ。

うちへくるというので、うまい中国茶を用意して待っていた。

二十分ほどして、やかましいバイクの音が到着《とうちゃく》した。

ほどなく玄関先《げんかんさき》に現れた幸助《こうすけ》は、心なしか足を引きずっている。

「なにした？」

「うはははは。もうワヤだって！　焼き鳥屋へ向かうとちゅうで転んださ」

幸助《こうすけ》は北海道方言をいまでもよく使う。

北海道言葉の中でも「わや」は、もっとも一般的《いっぱんてき》にわかりにくい言葉のようだが、ここは〝おはずかしい！〟くらいのニュアンスだろうか。

北海道生まれのわたしにとっては、幸助《こうすけ》の言葉はなつかしく、ちょっとうれしかった。

「『うはは』じゃねえと思うぞ。だいじょうぶか？」

「いや、いいんだ！　気にすんな。ほれっ！　焼き鳥、山ほど買ってきたから、今日は朝まで飲むべや」

幸助《こうすけ》はいつもこうだった。

相手の都合なんか考えず、とつぜんおしかけてきては「飲むべや！」だ。

でもこれが幸助《こうすけ》のおもしろいところだった。

こんな風だが、実は自分自身で不動産業を経営し、いまでは関東・中部・関西・九州にいたるまで支店を広げている社長だ。

幸助《こうすけ》を家に上げ、まずはとお茶をすすめる。

「いやぁ、ほんとにうまいな、このお茶。なんていったっけ？」

「またかよ！　『甲子園《こうしえん》』だっていうの。いいかげん覚えろよ」

甲子園《こうしえん》といっても、関西のお茶ではない。わたしの中国の友人が定期的に送ってくれる、現地でもかなり高価な烏龍茶《ウーロンちゃ》である。

それを幸助《こうすけ》はいたく気に入っていて、うちへくる度《たび》に飲ませろとせがむ。

「おう、そうだったそうだった。甲子園《こうしえん》な。関西でもこんな烏龍茶《ウーロンちゃ》ができるんだもんな」

「だから！　関西じゃねえって、なん万回もいってるよな」

わたしと幸助《こうすけ》との会話は、いつもこんな調子だ。


持ってきたふくろをごそやりながら、幸助《こうすけ》は中から紙に包まれた焼き鳥を取り出した。

それにあわせて、わたしもビールを用意する。

焼き鳥のなんともすばらしい香《かお》りが部屋中にただよい出し、さながら居酒屋にいるような気分になる。

「見れ！　ぼんぼちばっかり買ってきたわ」

ぼんぼちというのは、鶏《にわとり》の尾骨《びこつ》のまわりの肉のことだ。脂肪《しぼう》が多く、よく動かす部分なので非常にうまいが、一羽《わ》からわずかな量しか取れない。

「ネギ間は？　カシラは？」

「そんなものいらん！　ぼんぼちだけでいいって」

「いや、いいってじゃねえよ……」

「今日はな、なんだか、このぼんぼちが食いてえんだ。いいからだまって食え」

めずらしいことだった。

いつもなら、その店にある、すべてのラインアップを買いこんでくるような勢いなのだ。

ぼんぼちをひと口ふくみ、ふたり同時に声を上げる。

「かぁーっ！　こりゃうまいわ！」

新鮮《しんせん》な素材に良質のあら塩だけをふり、炭火でこんがり焼き上げたぼんぼちに、ついつい
ビールも進んでしまう。

「レコードかけようか？」

提案してみるが、幸助《こうすけ》はぼそっと返した。

「いや、いい。今日はなんだか、ただ静かにおまえと飲みたいんだ。それでいい」

「そうか」

それからしばらくは車の話をしたり、バイクの話をしたりしながら、いつものように、ああでもないこうでもないとやり合っていた。

いくぶん酒が利《き》き始めたころ、ぽつりと幸助《こうすけ》がこんなことをいい出した。

「親父《おやじ》……このぼんぼちが好きでさ」

かじりかけのくしをじっと見つめながら、うるんだ目を細めている。

「おれの家は貧乏《びんぼう》だったから、外食なんかさせてもらえなくてよ。たまぁに、親父《おやじ》が近くの農家からもらってくるこれが、唯一《ゆいいつ》の楽しみだった」

「いまじゃ、ぜいたく品だぞ」

「そのころは、捨《す》てちまうようなもんだったんだわ。

親父《おやじ》は海で足に大けがしてよ、それまでやってた漁師も、続けられなくなってな……。

母ちゃんは出て行っちまって、おれと兄貴《あにき》と親父《おやじ》とで、なんとかかんとか、生きながらえてた……」

「いまおふくろさんは、どうしてるんだ?」

「出て行ったすぐあとに、脳溢血《のういっけつ》で死んじまったさ。なんでも駅の待合室でたおれたんだと。それも、なん年もたってから知らせてきやがった」

「親父《おやじ》さんとは?」

「こっちへ出てくることが決まったとき、壮絶《そうぜつ》な親子げんかしちゃってよ。それ以来、手紙の一通もよこさねえし、おれも出してねえわ。がんこな男だからな……。こっちが折れるまで、なん十年でもがんばるつもりだろうさ」

「でもお兄さんがいるなら安心……」

「兄貴《あにき》は去年死んだ……。死んだんだわ。おふくろと同じ脳溢血《のういっけつ》でな。それが変な偶然《ぐうぜん》ってあるもんで、おふくろが死んだ江差《えさし》線の駅でよ。はは……笑っちまうわな。たまたま仕事の都合で立ちよった、あんな小さな駅で、同じ死に方するなんてな……」

初めて聞いた話だった。

「おたがい、いい年なんだぞ。そろそろ変な肩意地《かたいじ》張ってないで、親父《おやじ》さんと打ちとけ合ったらどうだ？」

「……そういうもんだべか？」

「おれは親父《おやじ》と縁《えん》がうすかったからな。いま思えば、もっと親子らしく接しておけばよかった……そう思ってる。それを相手が望むかどうかは問題じゃないんだ。親子なんだから……」

しんみりと話していた幸助《こうすけ》も、そこからは親父《おやじ》さんの思い出話に花がさいて、気がつけば、朝の四時すぎまで飲み明かしていた。


それから十日後、幸助《こうすけ》から一本の電話が入った。

「いやあ、まいったまいった」

「おう、この間はごちそうさん」

「うん、いいっていいって。こっちこそ朝まで悪かったね。それよりな、あの日……」

そういいかけた幸助《こうすけ》の声がつまる。

「あの日……親父《おやじ》、死んでたわ」

ちょうど、あの日、ふたりで飲み始めた時間だそうだ。

近くに親類縁者《えんじゃ》がだれもおらず、近所の人が公民館で簡素《かんそ》な葬儀《そうぎ》をしてくれたという。

いねむり運転

テレビ番組の制作会社の人と飲んだとき、わたしのある体験を彼《かれ》に話した。

彼《かれ》がぜひ番組に使わせてほしいというので、わたしは、あるテレビ番組に出演することとなった。

その番組は、毎回お題が決まっている。

その回は〈死ぬかと思った危機一髪《ききいっぱつ》体験！〉というタイトルだった。

いまから十数年まえ、わたしは長距離専門《ちょうきょりせんもん》に請《う》け負う運送会社を経営していた。

ところが、ある固定のコースに着任していたドライバーが、かぜで寝《ね》こんでしまった。他のドライバーも出はらい、経営者であるわたしが自ら代走することになった。

作業内容は埼玉《さいたま》の倉庫から学習机《がくしゅうづくえ》を積み、新潟県《にいがたけん》内にある倉庫まで搬送《はんそう》するというもの。

前日の夜十時に積みこみを完了《かんりょう》し、新潟《にいがた》の倉庫には翌朝《よくあさ》の八時に着けばいいという、わりと時間的に余裕《よゆう》のあるコースである。

かといって、自宅《じたく》にもどって、ひと休みするほどの時間はないため、わたしは、会社からそのまま出発することにした。

ルートは、ひたすら関越道《かんえつどう》を行けばいい。とりあえず高速道路に乗ってしまって、とちゅうのサービスエリアで仮眠《かみん》を取ろうと考えた。

ところが、あるインターから入り、しばらく走ったあたりで、早くも猛烈《もうれつ》な睡魔《すいま》におそわれてしまった。

前日、満足に睡眠《すいみん》をとっていなかったことが原因なのは、自分でもわかっていたのだが、それにしてもこの眠気《ねむけ》は極端《きょくたん》すぎる。

「こりゃまずいな。どこかで寝《ね》なきゃ事故っちまう」

そうひとり言をいいながら、次のサービスエリアかパーキングエリアを探《さが》すのだが、こんなときに限って〝寝床《ねどこ》〟はなかなか現れてくれない。

自分でほっぺたをたたき、ももをつねりながらなんとか走っていると、〈○○サービスエリ

ア　この先3キロメートル〉との標識が見えた。

地獄《じごく》に仏とはまさにこのことだ。

大げさなようだが、本当に命からがら転がりこむといった勢いで、わたしは大型車用のレーンへとすべりこんだ。

ところが、ここでふとおかしなことに気付く。

ふだんなら、夜中であろうと早朝であろうと、中長距離《ちゅうちょうきょり》のトラックや一般車《いっぱんしゃ》でにぎわいを見せるサービスエリアに、一台も車がなく、しーんと静まり返っている。

それればかりではない。

場内にはいつしか、こい霧《きり》がただよい始め、サービスエリア一帯が、まるで仕こみを失敗したホラー映画《えいが》のような雰囲気《ふんいき》になっている。

でも、いまはそれどころではない。一刻《いっこく》も早く、ねむりのふちにたどり着こうと、わたしはシートをたおして目を閉《と》じた。

と、そのときであった！

パパパ――ンッ!!

耳元で、けたたましくトラック特有のエアホーンが炸裂《さくれつ》した。

びっくりして起き上がり、周囲を見回すが、依然《いぜん》、まわりにはだれひとり見あたらない。

「ダメだダメだ！　眠《ねむ》たさゆえの幻聴《げんちょう》だ。早く寝《ね》よう！」

そう思って、再びシートに身をゆだねた瞬間《しゅんかん》。

パパパパパパ――ンッ！

またもや、けたたましくエアホーンが鳴る。

なんだか、ちょっと気味が悪くなったわたしは、もし今度エアホーンが鳴ったら、外に出てみようと決心した。

しかし、そのときのわたしには、なににも増して眠気《ねむけ》が勝っていて、みたびシートに身をしずめようと……

パーッパーッパーッパーッパーッパ――――ッ!!


これは頭にきた。

身を起こしざまにドアノブに手をかけ、外に飛び出そうとして、わたしは我《われ》に返った。

なんとわたしは、いまも高速道路を走っている。

自分は走っている車から、ドアを開けて飛び降《お》りようとしていたのだ。


つまりはサービスエリアに入ったのも夢、シートをたおしたのも夢、霧《きり》が出ていたのも、なにもかもすべてが夢だったのだ。

高速道路をいねむりしながら、よたよたと走るわたしを、他の長距離《ちょうきょり》ドライバーが発見。なんとかクラクションを鳴らして、わたしを起こそうとしていたわけで、あの「パパーッ!」はその音だったわけだ。

番組制作上、大型トラックが用意できなかったらしく、再現ビデオではワンボックス車になっていたが、わたしはこの体験で番組最高位の賞をいただいた。

実はこの体験には後日談がある。

あくまでも今回は〝それ〟系《けい》のお題ではないので……と、担当《たんとう》ディレクターによって番組では取り上げられなかったが、その後日談とは、こんな話だ。

翌日《よくじつ》も担当《たんとう》ドライバーの熱は下がらず、わたしが荷物を積みに行かなくてはならなかった。

いつもの時間に倉庫の門をくぐると、顔なじみの守衛さんが、なにやらけげんな顔でこちらを見ている。

わたしは気にせず、ふつうにそこを通り過ぎ、いつもの積みこみ場へ向かおうとしたのだが、車のミラーになにかが映《うつ》った。

見ると、守衛さんがなにか必死にさけびながら、追いかけてきている。

そして、車を止めたわたしに静かに近づいてくると、こういった。

「中村さん、あんただめだよ、気をつけなくちゃ！」

なんのことだかさっぱりわからず、きょとんとするわたしの手を引き、守衛さんは門に向かってもどり出した。そしてあるところを指さしながらこういった。

「ほらあれ、見えるかい？」

「んっ？　なんです？」

「……まったく。昨日、中村さんがここから出て行くときに、うしろのタイヤでふんづけて行ったんだぞぉ」

そういいながら、守衛さんが指をさした先を見て、わたしは一瞬《いっしゅん》、息をのんだ。


『交通死亡《しぼう》事故現場』


そう書かれた黄色いかんばんの根元に、つぶれた供《そな》え物がある。

「これはねぇ、なん年もまえになるがね、ここでトラック同士の事故があってね。そのときに立てられたものなんだよ。

長距離《ちょうきょり》運転手が過労のため、いねむりをしてね……。ちょうどこの場所で、積みこみ待ちで止まっていたトラックのうしろから、まともにつっこんだんだ。

かわいそうになぁ。まだ若《わか》かったけど、即死《そくし》だってこたぁ、このわたしが見てもすぐにわかったよ……」

その後の調べにより、運行日報などの記述から、長時間労働による過労が原因であることが判明したのだという。

お供《そな》え物をふんだから……というところへ原因を持っていくのは、少し乱暴《らんぼう》な気もする。

しかし、あやうくわたしも同じ目にあうところだったのは、まぎれもない事実だ。

湿疹《しっしん》

数年まえ、知り合いのトラックドライバーから聞いた話だ。

その彼《かれ》が十五歳《さい》のころ、ある日を境にして、頭の中に〝ある音〟が聞こえるようになった。

「それは音というより、『声』といった方がいいかもしれません。それも甲高《かんだか》い小動物のような……」

聞こえてくるのは、ほとんど彼《かれ》の寝入《ねい》りばなだという。

「ひどいときなど、それが原因で寝不足《ねぶそく》になることさえありました。たいがい、『キイヤァァァァァ』ってさけび声のような感じなんです」

「それはたまらんですね……」

話を聞いているだけでも、わたしは彼《かれ》に同情の念を禁じえなかった。

彼《かれ》が〝声〟を聞くようになり、しばらくたったころ、事態は急展開《きゅうてんかい》を見せる。彼《かれ》の話は続く。

彼《かれ》には一歳《さい》年上の姉がいる。

ある晩《ばん》、そろそろ寝《ね》ようかと思っている彼《かれ》の部屋へ、姉がやってきていった。

「ちょっと、聞きたいことがあるんだけど……」

姉のあまりに真剣《しんけん》なまなざしに、一方ならぬものを感じたという。

「変なことをいうようだけど、あんた最近、身のまわりに、なにかおかしなことが起こったりしてない？」

「おかしなことって……？」

「例えば、例えばよ、どこからともなく変な声が聞こえる……とか」

「えっ！　声が？」

一瞬《いっしゅん》にして変わった彼《かれ》の表情を見て、姉は即座《そくざ》に納得《なっとく》したようにいった。

「あるんだね」

静かにうなずくと、彼《かれ》は、最近、自分の身のまわりに起こっていることを姉に聞かせた。

「やっぱり……」

姉はじっと彼《かれ》の目を見ていった。

「あの声が聞こえ出した時期も、ほぼいっしょよね。実はね……」

姉はそうまえ置きすると、左腕《ひだりうで》を真っ直《す》ぐにのばし、反対の手でトレーナーのそでをまくり始めた。

「ちょっとこれ、見て……」

「うわわっ！　姉ちゃん、それどうしたんだよ！」

ひじ近くまでまくりあげた姉の腕《うで》に、見るも無惨《むざん》にただれた、真っ赤な湿疹《しっしん》が現れている。

「いい？　ほらここ……わかる？」

そういって姉は自分の腕《うで》を指さした。

なんとそこには、くっきりと〝2〟と〝6〟の数字がうかび上がっていた。

「さすがにそれを見ておどろき、ぼくと姉に起こった一連の現象を、両親に話してみたんです」

そうわたしに話す彼《かれ》の顔を見れば、どれほど、その〝2〟と〝6〟が衝撃的《しょうげきてき》だったか想像がつく。

「親に話したのは、実はそのあと、姉がこんなことをいい出したからなんです。『夜になると聞こえる声が、自分には赤ちゃんの泣き声に聞こえる』と……」

「赤ちゃんの……ですか？」

わたしはおどろいて聞き返した。

「ええ。まるで生まれたばかりの赤ん坊《ぼう》が、夜な夜な母親を求めて泣いている……あたしにはそう聞こえると……」

ふたりの切実なうったえも〝そんなばかなことがあるか〟と、父親は一蹴《いっしゅう》した。

ところが、姉の腕《うで》をひと目見るなり、両親はその場に立ちすくんだ。

ふたりの横で、いつの間にか母が目を真っ赤にしている。そしてゆっくりと語り出した。

「あなたたちが生まれるずっとまえ、あたしたちはとても貧乏《びんぼう》だった。お父さんは、くる日もくる日も働き続けてくれたんだけど、それでも生活が豊かになることはなかったの。

そんなとき……そんなときにね、赤ちゃんができたのよ……」

「あの知らせを聞いたときは、小おどりして喜んだっけなぁ」

父も語り始めた。

「当時、父さんたちが住んでいたのは、〇〇町の方でな。おまえたちも知ってるだろう？　あの大きな神社のある……」

彼《かれ》も姉も、その町は知っていた。

「おなかの子が五か月のころ、病院で検診《けんしん》を受けた帰りに、あの神社におまいりに行ったの」

「ひとりじゃ危《あぶ》ないからと、ふだんから重々いってあったんだが……」

初めて授《さず》かった子を思い、母は神だのみをしたそうだ。

（どうか無事に生まれますように……どうか幸せにめぐまれますように……）

母は号泣《ごうきゅう》して続けた。

「おまいりをすませて帰ろうと、石段《いしだん》を下りるとちゅう、母さんは足をすべらせ……結果は残念なことになってしまった。おまえたちにはいってなかったけど、病院でその処置《しょち》をしてもらったのが……」

二月六日であったという。

クヌギと少年

ある夏の日、子どもにせがまれて、カブトムシをとりに出かけた。
カブトムシだけではない。その場所では、いまは準貴重種《じゅんきちょうしゅ》とされている、ミヤマクワガタもごっそりとれたが、残念ながら場所は秘密《ひみつ》だ。

その日も、到着《とうちゃく》後十分あまりのうちにカブトムシを五匹《ひき》もゲット。ミヤマクワガタもたくさんいたが、種の保存《ほぞん》のためにリリースした。

次の日の夕方。
わたしと同じ北海道生まれの友人である、細川という男がうちに遊びにやってきた。
家に入るなり、細川は置いてあったカブトムシに気付いた。

「おお！　カブトムシだな。子どものころ、あこがれだったなぁ、これ」

本州の人には意味がわからないと思うが、実はこの虫、北海道ではお目にかかることはできないのだ。

なぜかわからないが、カブトムシは津軽海峡《つがるかいきょう》をわたらない。

だから北海道の住民には、なかなかお目にかかる機会がないわけだ。

「あっ……」

急にすっとんきょうな声を出したかと思うと、細川はななめ上を見上げたまま固まっている。

「そういえばな。子どものころ、おかしな体験をしたことがあったな……あれは夢だったんだろうか」

ひとりごとのように、ブツブツとつぶやく。

「いやちがうな。あれはおそらく……しかしなぁ……う～ん、どうなんだろ？」

「細川？」

「でも確かに、あのときおれは……」

「……細川君」

「いやいやそんなことはな……」

「うりゃっ！」

たまたま近くにあったテレビのリモコンで、細川の後頭部に少しショックを与《あた》えてみた。

「いってえな、おまえ！」

「『いってえな』じゃねえよ。なんだよ、ブツブツブツブツ」

「いいか、よく聞け。あれは単なる夢じゃねえぞ」

なにをそんなに頭をこねくり回してるのかと聞けば、確かにそれは奇怪《きかい》な話だった。


細川の生まれ故郷《こきょう》は、空知郡栗沢町《くりさわちょう》という田園地帯だった。

彼《かれ》の生まれ育った家の裏《うら》に一本のクヌギの老木があり、毎年そのうろにあふれる樹液《じゅえき》に昆虫《こんちゅう》が寄り集まってきた。

彼《かれ》が小学四年生の夏。

まだ夜も明けきらぬ早朝、細川は、懐中《かいちゅう》電灯を手に習慣となった〝昆虫《こんちゅう》観察〟へと向かった。

すると、ひときわ大きく張り出した一本の枝の下に、まるで天女《てんにょ》のような装束《しょうぞく》をまとった女性が立っている。

おどろいて足を止めた少年に気付くと、女性はにっこり笑ってこういったという。

『おまえは地の者かえ？』

そう聞かれた彼《かれ》は、わけもわからぬまま〝うんうん〟と首を縦《たて》にふった。

するとその女性は、なおも笑《え》みを深めてこう返してきた。

『ツノムシやブンブがほしいのかえ？』

再び〝うんうん〟と首をふる少年に、女性は片方《かたほう》の手をついと差しだした。

すきとおるほどに白いてのひらが、ゆっくりと広げられていく。

見るとそこには、金緑色に輝《かがや》く大きなカナブンが五匹《ひき》うごめいている。

「うわあ！　こ、これ、くれるの!?」

興奮《こうふん》した彼《かれ》の問いに、静かに笑ってうなずく女性。

さっそく首から提《さ》げた虫かごに移そうと思っていると、まるでその意思が伝わったかのように、五匹《ひき》はするすると彼《かれ》の手にのってきた。

かごの上側のふたを開け、一匹《ぴき》ずつ、ていねいに虫を移し終え、ふり返ると、その女性は、あとかたもなく消えていたという。

その後も、大きなクワガタや、まるで青空と同化しそうな色のルリカミキリをもらった。

夏休みも終盤《しゅうばん》に差しかかったある日のこと。

そのあたりを、絶大な勢力を持った台風がおそった。夕方にはますます勢力を強め、ビュービューとおそろしい風音を上げて荒《あ》れまくる夏の嵐《あらし》。

外ではときおり〝ガラガラッ〟と、なにかがくずれる音。

家はぐずぐずとゆれ動き、いまにも下からそっくりすくわれてしまいそうな気さえする。

嵐《あらし》の中、細川少年は眠気《ねむけ》におそわれ、いつのまにか眠《ねむ》りのふちに落ちていった。

どのくらい時間がたっただろう。

気がつくと、細川少年はあの木の下にいた。

空には一点のくもりもなく、まるで天にも届《とど》きそうな紺碧《こんぺき》の空がどこまでも続いている。

『さらばじゃ』

真上をあおぎ見ていた少年のかたわらで、不意にそう声がした。

見ると、いつもの女性が立っている。

ゆるりゆるりと少年の近くに進み、そっとしゃがみこむと、じっと目を見つめた。

『健《すこ》やかであれ』

女性はそういうと、どこからか現れた大きな玉虫に乗って、天空高くまい上がった。

「待って！　待ってよぉっ！」

そうさけんだ自分の声で目が覚めた。

（すべて夢……？）

外ではいまだに、激《はげ》しい雷雨《らいう》が続いているらしく、家中がガタガタと鳴りひびいている。

暗闇《くらやみ》に目をこらしてみると、いちばんすみに寝《ね》ていたはずの父が、上半身を起こしているのに気付いた。

「お父さん、どうしたの？」

そう細川少年が声をかけると、父は小さな声でこういった。

「うん、風の音に混じってな。なにやら裏《うら》で大きな音がしたんだが……」

そこまでは聞いたものの、少年は再びそのまま眠《ねむ》ってしまった。

翌朝《よくあさ》。

台風一過の窓《まど》から差しこむ陽《ひ》の光は、〝空の大そうじ〟の完了《かんりょう》を知らせていた。

階下から父の呼《よ》ぶ声が聞こえる。

「起きたか。ちょっと、いっしょにこい」

そういって連れられていった先は、家の裏手《うらて》だった。

昨晩《さくばん》の風に激《はげ》しく打ちすえられて、根元近くからばっさりと折れ、ちぎられたクヌギの老木が横たわっていた。


「信じるも信じないも、おまえの勝手だが、あれは夢なんかじゃなかったよ」

細川はカブトムシを見つめながら、ぽつりとつぶやいた。

木村

高校時代の旧友七人と食事をした。

「そういや、クラス会って全然やってないな」

だれいうとなく、そんな話になった。

「なんだか年もおしせまっちゃったけど、年末までにどこかで一度集まろうか……」

全員一致《いっち》で決まり、その日の参加メンバー全員が幹事ということで話がまとまった。

「木村は、どうしてるんだろうな……」

萩原《はぎわら》がぼそっとつぶやく。


木村……。

その名前に、みんな少々困惑《こんわく》気味な表情になった。

どこのクラスにも〝不良〟とよばれた悪い生徒がいたものだが、木村はその度合いをはるかにこえており、〝生ける怨霊《おんりょう》〟とまでいわれていた男だ。

「なんでも十年近くまえに、体をこわして入院してるって聞いた気がする……」

風の便りに聞いた話をひとりがいったが、木村の話はそれで終わり、クラス会の開催《かいさい》日時を適当に決め、その場は散会となった。


数日後、萩原《はぎわら》から電話がかかってきた。

「おいおいおい！　きたぞ、あいつ！」

「あいつ？　だれのことだよ？」

「木村だよ、木村！」

おどろいた。ついこの間、名前が挙がったのも本当に久しぶりのことだったのだ。

「えっ、おまえんちにか？　よく、いまの住所がわかったもんだな。事前になにかで連絡《れんらく》取り合ったの？」

「おお、かなりびっくりしたぞ。それがさ……」

萩原《はぎわら》の話によれば、木村は一切《いっさい》の連絡《れんらく》もなしに、とつぜん現れたのだという。

萩原《はぎわら》が続ける。

「生気のない目で『久しぶりだな』っていうから、元気にしてたか？　って聞いたんだよ。『玄関先《げんかんさき》で立ち話もなんだから上がってくれ』っていったら、『いや時間がないからまたな』って、立ち去ろうとしたんだ……」

「それで？」

「なんだか昔の面影《おもかげ》なんかまったくなくてな、頭はうすくなってるし、顔なんか、しわだらけでよ。まさか、あれがあの木村だとは信じられなかったよ」

萩原《はぎわら》の話ぶりから、木村のいまの姿《すがた》が容易に頭にうかんだ。

「でも木村なんだろ？」

「ああ、それはまちがいないね。あのころからあった、あごの傷《きず》ですぐわかったよ」

「そのまま帰っちゃったのかよ？」

「いやいや、立ち去り際《ぎわ》に、思わず『クラス会やるからこいよ』って声かけたんだ」

わたしは思わずいってしまった。

「……いっちゃったのな」

「だってよ、いわないわけにはいかないだろ?」

まあ当然のことだ。

「それで、くるって?」

「おれがそういったら、すごく嬉《うれ》しそうな顔して『おれも行っていいのか?』だってよ。なんだか、そのときの顔がガキのころのまんまでよ、思わず笑っちまったさ」

〝生ける怨霊《おんりょう》〟木村も、年をとったということなのだろうと、わたしはそのあと、萩原《はぎわら》の話も気に留めずにいた。


ところが、それからほんの数日間のうちに、十人近くから「木村がきた」という電話がわたしに入った。

聞いた話をつなげてみると、とんでもない〝一本の線〟が見えてきた。

なんと木村は同じ日のほぼ同じ時刻《じこく》に、旧友たちの家を訪《たず》ね歩いていたのだ。

わたしはすぐに萩原《はぎわら》に電話した。

「ちょっと尋常《じんじょう》じゃないぞこれ」

「なんでよ?」

萩原《はぎわら》はまったく気づいてないようだ。

「『なんでよ?』じゃねえよ。同じ日ってのは、まだわからなくもない。でもどうやったら、船橋と世田谷に、同じ時間に行けるんだよ……」


木村は五年まえに死んでいた。

わたしは、あれから方々さがしまわり、やっとの思いで木村の元同僚《どうりょう》の田代《たしろ》さんという人物にたどりついた。

「心筋梗塞《しんきんこうそく》だったんですよ。ずっと『胃が痛《いた》い、胃が痛《いた》い』っていってたんですけどね。あんまり痛《いた》がるもんで『心臓かもしれないから病院行ったら?』ってすすめてたんです。

でも『おれは病院きらいだ』の一点張りでね……。

ある日、それまで遅刻《ちこく》ひとつしたことのない木村さんが、会社にこないもんで、心配でなん人かでアパートまで見に行ったんです。そしたらふとんの中で……」

田代《たしろ》さんはそう話してくれた。

みんなの家を訪《たず》ね歩いたというその日。それは木村の命日だった。
だれにも看取《みと》られず、たったひとりでこの世を去った木村。
高校時代に名をはせた荒《あら》くれ男は、〝遅刻《ちこく》ひとつしない〟真人間になっていた。

「すごく嬉《うれ》しそうな顔して『おれも行っていいのか?』だってよ。
なんだか、そのときの顔がガキのころのまんまでよ……」

萩原《はぎわら》の言葉が頭からはなれない。

前世の縁《えん》

友人の話をしよう。もちろんこれも実話だが、ここでは名前をTとしておく。一応ここに書くことを快諾《かいだく》してはくれたが、Tは弁護士で、彼《かれ》の家庭内の話なだけに、ここは気をつかっておこうと思う。

Tは十年ほどまえ、それまで住んでいた家を取りこわし、新たに二世帯住宅《じゅうたく》を建てた。親子二世代にわたり弁護士をしているTは、両親と話し合って、双方《そうほう》で建築資金を半分ずつ出すことで、杉並《すぎなみ》の閑静《かんせい》な住宅街《じゅうたくがい》に豪勢《ごうせい》な一軒家《いっけんや》が完成する。

ところが家が完成して、Tの両親と同居を始めてみると、Tの妻と母親、つまり嫁《よめ》と姑《しゅうとめ》が仲たがいを始めたという。

それまで妻と母は別段《べつだん》、仲が悪かったということはないが、同居するまえから、Tはふたりに自分はなにかあっても、どちらの肩《かた》も持たないと、くぎをさしていた。

ところが、日増しにふたりの争いは激化《げきか》していき、さすがのTもつかれてしまった。父は〝我関《われかん》せず〟でまったく役に立たなかった。

「あなた、あたしはもう限界です。まるで、だだっ子みたいなお義母《かあ》さんの世話は、もうこれ以上できません！」

ある日、Tが仕事から帰ると、妻がTの足元に泣きくずれていった。

「だだっ子ったっておまえ、おふくろは、別にぼけてるわけじゃないんだから……」

妻の話だと、最近は食べ物に関する反発が異常《いじょう》に大きく、その様子はまるで幼《おさな》い子どものようだという。

その日、たまには甘《あま》いものでもと、気を利《き》かせた妻が、イチゴのショートケーキを買って帰った。ところがそれを見ると母は、「あたしはモンブランが食べたいのに！」というなり、ケーキを流し台に放《ほう》り捨《す》てたという。

それを聞いて、さすがにこのままではまずいと感じたTは、母の部屋を訪《たず》ねた。

「母さん、どうしたの？　なんで急に、そんなわがままになっちゃったんだ？」

Tがそう聞くと、意外な返事がきた。

「そうなのよね……どうしてだろ？」

「いやいや、母さん自身のことだよ。『どうしてだろ』じゃないだろ？　おれが話を聞く限り、女房《にょうぼう》になにか特別、落ち度があったようには思えないんだが……」

「落ち度？　冗談《じょうだん》じゃない。あの子はちゃんとしてくれてるよ。家の中だって、きちんと整理整頓《せいとん》してくれて、ご飯だってしっかり……」

「だったらさ！　だったら、なにが不満で彼女《かのじょ》につらく当たるの？」

自分の母親が、わけのわからないことをいうのにいらだち、Tは思わず声をあらげた。

「……わかんない。なにがなんだか、あたしにもわかんないのよぉ」

そういうなり、母はたたみにつっぷして泣き出してしまったという。

それからしばらくはなにごともなく過ぎ、なんとなく家の中が元の状態にもどりかけていた。

そんなある日のこと。

Tは中学時代の悪友Sと、街でばったり再会する。

おたがいにその後の予定がなかったこともあり、そのまま飲みにでかけた。

青山にある一軒《けん》のシーフードバーに席を取り、ふたりは昔話に花をさかせた。

「あはは！　まったく、おまえが弁護士かよ。親の七光りとはよくいったものだ」

「ばーか！　こればかりは親の力ではどうにもならないんだぞ。人並《ひとな》み以上に勉強にはげんだ結果だよ」

「はいはい、わかったわかった。そういえば親ごさんは元気か？　親父《おやじ》さんには、よく釣《つ》りに連れて行ってもらったっけ」

そこでTは、最近、家庭内で起こっていることをSに話して聞かせた。

「うーん……そうか。そりゃ大変だな」

「おれもいよいよ傍観《ぼうかん》してばかりもいられなくてさ、この間、思い切って、おふくろにいいに行ったんだよ」

「おう、そしたら？」

「それがさ、なんだか、ばかばかしい話なんだけど、『自分でもわかんない』なんて、いい出してさ。まったく、わかんないのはこっちだっつーのよ」

「……」

Tの話を聞いたSは、なにか考えこむような顔をしている。

「ん？　なんだよ、そんなこわい顔して」

「……いや。うん、もしかすると……」

「なんだよ。もしかすると、なに？」

「ちょっとおまえさ、いまからいっしょに出られるか？」

「ああ、構わないけど。でもいったいどこへ……」

Tの返事を聞くが早いか、Sは携帯《けいたい》電話を取り出し、どこかへ電話をかけ出した。

「マガンダンガビィ！」

「なんだ？　タガログ語……？」

中学時代、悪ガキだったSも、いまは東南アジア各国をまたにかけて活躍《かつやく》する、大手貿易会社のCEO＝最高経営責任者だ。

「よし、さっそく行こう！」

そういうなり会計をすませ、外へ出てタクシーに乗ると、Sは代官山へと指示した。

「なぁ、教えてくれよ。いったい、どこへ行こうってんだ？」

「いいか。いまからおまえを、ちょっとおもしろい人物にあわせてやる。『公正を期す』ために時間を空けず、いまからすぐにあってもらいたかったわけさ」

「公正を期すって？　なんのことだよ？」

「まぁまぁいいから。だまってついてくりゃわかるからさ」

Sはそれ以上、なにも語らなかった。

まもなく車は渋谷《しぶや》の雑踏《ざっとう》をぬけ、細くなった坂道を登り始める。

「ああ、その先、左側の白いマンションのところで」

Sがタクシーの運転手に指示し、車が止まったのは一軒《けん》の建物のまえ。

ふたりでエントランスに入り、正面のエレベーターに乗りこむ。

「いいか。なにもいわなくていいからな。とにかく、だまって座《すわ》ってるんだぞ」

「いや、だーかーらっ！　なにをしに行くんだよ？　なんかこえーよ！」

「わはは！　なにもこわくないよ。うまいお茶が出るから、だまってそれ飲んでろ」

エレベーターがある階に到着《とうちゃく》し、ふたりはろうかを歩き出した。

「おれも最初は信じられなかったんだ。そんなものがこの世にあるなんてな。でもいまは、ちがう。『ある』ものは、だれがなんといおうと『ある』んだ！」

一軒《けん》のドアのまえに着くと、Ｓは呼《よ》び鈴《りん》を鳴らした。

「は～い」

中から東南アジア系《けい》の女性が出てきた。

かなりきれいな目鼻立ち、すらりとした長身で、一見するとまるでモデルのようだが、トレーナーにスウェットという軽装《けいそう》だ。

「ヨウコソ、イラッシャイ」

彼女《かのじょ》に招き入れられ、くつをぬぎながらＳが説明する。

「彼女《かのじょ》はフィリピンからきて、本国のアイテムを輸入する会社を営んでるんだよ。名前はマリー。なかなかの美人だろ？」

中へ入ると、部屋の中はきらびやかな装飾《そうしょく》でいろどられ、いかにも南国の小島的なムードをかもしだしている。

「ドウゾ。ソコスワテネ。イマ、オチャアゲル」

そういって彼女《かのじょ》はキッチンに行き、なにやらいれてくれているようだが、Tにとってそんなことは、どうでもよかった。

(もしかして、その辺から、がたいのいい男でも飛び出してきて、身ぐるみはがされちゃうとか……)

Tは臆病《おくびょう》な上に、昔から妄想《もうそう》するくせがある。

しばらくしてマリーは、トレーに人数分の紅茶《こうちゃ》を持ってもどってきた。

トレーをテーブルに置くなり、じーっとTの顔を凝視《ぎょうし》しだす。

「ラクニシテテ、イイデス。ワタシ、アナタミルダケ」

五分もたっただろうか。

テーブルに置かれた紅茶《こうちゃ》に口をつけながら、マリーはSに向かって話し出した。

終始やわらかではあるが、ときおり見せる彼女《かのじょ》の真剣《しんけん》なまなざしには、なにか意味深げなものがただよっている。

細く長い手指をフルに使い、Sに向かって、必死になにかを伝えているマリーの姿《すがた》に、いつしかTの視線《しせん》も心も、がっちりと彼女《かのじょ》にくぎ付けになっていた。

「う〜ん……なるほどなぁ」

マリーの話が一段落《いちだんらく》して、Sは深々と息をついた。

「な、なんだって？　彼女《かのじょ》はなんてっ!?」

Tが早く話せと無言でせまる。

「落ち着いて聞いてほしいんだがな。おまえの家族は『おもしろい因縁《いんねん》を持っている』そうなんだ」

「な、なんだって!!」

〝因縁《いんねん》〟などということばが出て、Tの顔は青ざめている。

「それはおまえのおくさんと、お母さんとの関係だ」

「ちょ、ちょっと待ってくれ！　彼女《かのじょ》はいったい……」

Tの疑問《ぎもん》をよそに、マリーがまたSになにかを伝える。

「おまえのおくさんは、前世で三歳《さい》になる子どもを亡《な》くしている……と」

「ぜ、前世だって？　彼女《かのじょ》はいったいなにをいっているんだ！」

「いいから！　だまって聞け」

マリーはさらに話し続けた。

Sは腕組《うでぐ》みしながら、それをじっと聞いている。

いったん目を閉《と》じ、なにかを納得《なっとく》したようにうなずくと、Sは目を細めてTに話し出した。

「その亡《な》くなった子どもこそが、おまえのお母さんです……と」

「！」

マリーは慈愛《じあい》に満ちた面持《おもも》ちでTを見つめ、優《やさ》しい声で静かに、つぶやくように続けた。

「それをおくさんに教えてやれって。きっとなんらかの心あたりがあるはず……彼女《かのじょ》はそういっている」

「ばかな！　そんなことがあるはずないだろ！　人間は生まれ変わったりしない。断じて！」

「おれもな、おれも初めはそう思ってた。でもな、拒絶《きょぜつ》はなにも生まない……ということに気付いたんだ」

家にもどったTは、さっき経験した信じがたい現実を思い起こしていた。

Sは「公正を期すため」といった。

それはTの情報を、〝事前にマリーに入れる時間を作らない〟という意味だろう。

しかもあのとき、Sは電話でも、マリーの家に着いてからもほとんど彼女《かのじょ》と話していない。

ということは、Tがいま、なになやみ、苦悩《くのう》しているかを知るすべはないことになる。

翌日《よくじつ》、Tは妻をリビングに呼《よ》んで、昨晩《さくばん》、自分が見聞きしたことを、洗《あら》いざらい話して聞かせた。

「ちょっといいかな」

話が終わるまえに、妻の目からは大粒《おおつぶ》の涙《なみだ》がこぼれ落ちた。

「実はね、実は……」

「ん？　実はどうした？」

「お義母《かあ》さんとの仲がおかしくなり始めたころからなんだけど、不思議な夢をたびたび見るようになったの」

「不思議な夢？　それはどういうものなんだい？」

妻が見るのはこんな夢だった。


そこがどこなのか、日本なのか、外国なのか、それもわからないが、とにかくとても貧乏《びんぼう》な暮《く》らしをしている。

住居は一棟《とう》の建物を区切った三軒《げん》長屋。周囲の家も、みな同じようなたたずまいなので、その一帯が貧困地域《ひんこんちいき》なのだろう。

玄関《げんかん》のまえには、手こぎポンプが付いた井戸《いど》があり、白い犬がいる。

自分には子どもが三人いて、そのすべてが女の子である。

夫らしい人の姿《すがた》は見えないが、家の中にはもうひとり大人がいるようだった。

そこから急に視点《してん》は河原へと移る。

石を投げて遊ぶ三人の子ども。

「その瞬間《しゅんかん》、ものすごくいやな感じがするの。だからわたしは、大声で子どもの名前らしいことをさけんでいるんだけど、子どもたちには全然聞こえないみたいで……。そして、そしてね……」

妻はそこで言葉を切った。ゆかの一点を、涙《なみだ》をためた目で凝視《ぎょうし》している。

「そして?」

Tが次の言葉をうながした。

「いちばん下の子が……流されていくのよ」

「川に……か」

「うわあああああぁぁぁ!」

妻はそこで泣きくずれた。

それが、昨晩《さくばん》マリーがいっていた〝心あたり〟であった。

その話をTが100%信じているかどうかはわからない。

しかし最後に、Tはわたしにこう話してくれた。

「その話をしてからというもの、家の中でのごたごたが、まったくなくなったんだ。いや、それどころか逆に仲が良過ぎて気味が悪いくらいだよ。

『前世では、わがままいいたい盛《さか》りのときに亡《な》くなったんだもの。それをいまの世で取り返してるのよね。そう思ったら、全然気にならなくなった』なんていってるよ」

マリーがいったことは真実なのか、この際、そんなことはどうでもいい。

事実としてひとつの家族が救われた。それがなによりのことだ。

キツネ

札幌《さっぽろ》の端《はし》に、真駒内《まこまない》という町がある。

一九七二年、札幌《さっぽろ》で第11回冬季オリンピックが開催《かいさい》された。そのときにメイン会場となった真駒内《まこまない》屋内競技場は名前を変えて、いまでも使われている。

その近くには、陸上自衛隊真駒内駐屯地《まこまないちゅうとんち》というのがあって、勇壮《ゆうそう》な戦車や装甲車《そうこうしゃ》が近くの道路からも確認《かくにん》することができる。自衛隊が実弾《じつだん》演習をする演習場も、駐屯地《ちゅうとんち》近くの丘陵地《きゅうりょうち》に置かれている。

実はその駒岡《こまおか》という丘陵地《きゅうりょうち》は、走り屋にとっては自衛隊よりも絶好のスポットとして有名だった。九十九折《つづらおり》になったブラインドコーナーを攻《せ》める車の爆音《ばくおん》が、夜ともなるとよくひびいていた。

あれは忘《わす》れもしない、年号が平成に変わる二年前のこと。

わたしは実家に置いたままになっている車（名車だよ）がかわいそうで、帰郷《ききょう》の折にひとっ走り駒岡《こまおか》へと思い立った。

もうだめになっているだろうと思われたバッテリーが、なんと元気に生きている。

それに気をよくしたわたしは、ガソリンを満タンにして、駒岡《こまおか》方面に向けて走り出した。

ふだんわたしが乗っているアメリカ車とはまったくちがう鼓動《こどう》と挙動。ひさしぶりに聞くターボエンジンの音に、わたしはこおどりする思いだった。

住宅街《じゅうたくがい》から裏道《うらみち》を抜《ぬ》け、いよいよ丘陵地《きゅうりょうち》の一本道に入った。

ダッシュボードに埋《う》め込《こ》まれたデジタル時計は、夜の九時ちょうどを示している。

いくつかのカーブを軽快に走りぬけ、急角度で左下方向へ入り込《こ》むカーブにつっこんだときだった。

いきなり道路中央に動物の姿《すがた》が現れた。

動物が左側へ体をかわすようすが確認《かくにん》できたので、わたしはとっさに反対の右側へとハンドルを切った。

車はスピンし、進行方向とは真逆を向いて止まった。しかし、なんとか立ち木との接触《せっしょく》はまぬがれた。

車を降《お》りてあたりを見わたすと、少し離《はな》れた草地に隠《かく》れるようにしてこちらをうかがう、大きなキツネの姿《すがた》が見えた。

（ふぅよかったぁ。ひかなかったか……）

わたしは胸《むね》をなで下ろし、いったんストール、つまり止まっていたエンジンをかけ直し、車を再スタートさせた。


ところが、それから、そこそこのスピードで走るわたしの車の真横を、なにかが横切っていく。いや〝抜《ぬ》いていく〟といった方が適切だろうか。

なにかの影《かげ》や幻影《げんえい》とは思えない。

なんだか気味が悪くなり、わたしはスピードを緩《ゆる》め、のんびり目的地を目指すことにした。

峠道《とうげみち》最後の下り右カーブに進入した。

その瞬間《しゅんかん》、左側の森の中からまたしてもキツネが飛び出し、わたしの行く手をさえぎらんばかりに道路中央に立ちはだかっている。

キツネとわたしのにらみ合いはしばらく続いたが、そのあまりの眼光の鋭《するど》さに、わたしは〝妖《よう》の気〟を感じ取ってふるえ上がった。

(うわわっ、こりゃいかん！)

とっさにそうさとったわたしは、そこから先への進行を断念した。

ギアをバックに入れ、いま下りてきた急坂《きゅうはん》を引き返そうとクラッチをつなぐ。

次の瞬間《しゅんかん》。


ガズゥッ!!


うしろからの強烈《きょうれつ》な衝撃《しょうげき》におどろき、わたしは周囲を見まわした。

なんとそこは、実家の車庫の中であった。

最初にキツネと遭遇《そうぐう》したあと、いったいわたしはどこをどう走ってきたのだろうか？

工場裏《うら》の廃車《はいしゃ》

わたしが小学校四年生のとき、沖縄《おきなわ》から北海道へもどった直後、凄惨《せいさん》な死亡《しぼう》交通事故を目撃《もくげき》した。

被害《ひがい》にあったのは、わたしよりひとつ歳下《としした》の男の子だった。

そのようすをここに書くのをためらうほど、本当にひどい事故だった。

当時、わたしは祖父母と住んでおり、その家の近所に大きなセメント工場があった。

工場には、いつもぴかぴかに磨《みが》かれた大型車輛《しゃりょう》が整然とならび、工場が休みの日ともなれば、近所の子どもたちの格好の遊び場となっていた。

ある日のこと、いつもは足をふみ入れない裏手《うらて》のスペースに、一台のセメントローリーが置かれているのを発見した。

前後のナンバープレートは、車体からすでにはずされている。ドアには、かぎもかけられておらず、まるで世界から忘《わす》れさられたような状態。

雨がふる日は運転席に入れるし、がんじょうきわまりないこの車が、わたしたちの新しい〝秘密基地《ひみつきち》〟となるまで、そう時間はかからなかった。

それから一か月もたったころだろうか。

「なあ中村。昨日の晩《ばん》、うちへきた？」

友だちのNが、ふとこんなことをいい出した。

もちろん夜、子どもがひとりで、友だちの家に行くことなどありえない。

「そうか。……そうだよなぁ。あんな夜中だもんなぁ」

なにがあったのか聞いてみると、こんな話だった。

アパートの二階に住むNは、聞き慣れない物音に目を覚ました。

それは、部屋の北側にある窓《まど》から聞こえてきたという。

「ピチッピチッって、まるでガラスに小さな石がぶつかるような音でさ。おどろいてすぐに開けてみたんだけど、まわりには、だれもいなかったんだ」

それをそばで聞いていたUが、だしぬけにおどろきの声をあげた。

「ええっ、それ、ほんとかよ！」

「ほんとに決まってるべ！　なしてよ!?」

顔をこわばらせてUが続けた。

「昨日でねえぞ。昨日でねえけどな、う、うちにもきたわ、それ！」

「……『それ』っていわれてもよ」

Nは困惑《こんわく》している。

Uが風呂《ふろ》から上がり、翌日《よくじつ》の時間割《じかんわ》りをそろえていると、とつぜん目のまえにあるガラス窓《まど》が鳴ったという。Uは続けた。

「本当に『ピチッ』って感じでな、確かに、だれかが小石を投げてるような音だった」


その晩《ばん》のことだ。

もう四年生ともなれば、風呂《ふろ》にはひとりで入っていたが、その日はなぜだか祖母にたのんで、いっしょに入ってもらった。

風呂《ふろ》から上がり、祖母がふとんをしくのを手伝っているときに、わたしは翌日《よくじつ》使う予定の絵の具セットを洗《あら》っていないことを思い出した。

数日まえ、大作『犬のふん』を仕上げて以来、パレットはすべて黄土色に染《そ》まったままだ。

わたしはあわてて二階の自室にかけ上がると、机《つくえ》の横にかかった絵の具セットをひっつかんだ。そのまままきびすをかえして、階段《かいだん》へもどろうとしたとたん。

「うわわああああああっ!!」

心臓《しんぞう》が爆発《ばくはつ》するかと思った。

再び階段《かいだん》をかけ下りようとしたとき、自分と同じ勢いのなに者かが、わたしの方に向かってかけ上がってきたのだ。わたしが大声をあげると、それはピタリとその場に静止した。

わたしの金切り声におどろいた祖母が、下から顔をのぞかせた。

「なしたのっ!?」

その瞬間《しゅんかん》、それは一度祖母の方にふり向き、そのままの形でどんどんうすくなっていき、フェードアウトしていった。

「あんた、いったい、どこでなにしてきたの?」

風呂《ふろ》のことといい、階段《かいだん》でのことといい、祖母はわたしのなにかがおかしいと感じたのだろう。〝どこでなにしてきた〟とつめよられ、わたしは困《こま》り果てたが、ここ最近、身のまわりに起きていることを、あらかた話して聞かせた。

それまで横でじっと話を聞いていた祖父が、ぽつりとこんなことをいい出した。

「工場裏《うら》に置かれているセメントローリーってのが気になるな……。明日ちょっと行って見てくるか」

そのセメント工場の工場長と祖父は、昔からの将棋《しょうぎ》仲間らしかった。

そして翌日《よくじつ》、学校から帰ったわたしに、祖父がおどろくべき話をした。

「あの工場裏《うら》に置かれているセメントローリーは、数か月まえ、旧道で子どもをひいたものだそうだ。直後に運転手が自殺してしまったため、使用を取り止《や》めたらしい……」

北海道へもどってきた直後に見た、あの事故に他ならなかった。

カニ

いまから三十年近くまえ、北海道のある町でのことだ。

当時この町の一角に、わが家は、良質の天然温泉《おんせん》がわきでる別荘《べっそう》を持っていた。

その後、源泉《げんせん》が枯渇《こかつ》したため売却《ばいきゃく》してしまったのだが、当時は、よく友人たちをさそって、その別荘《べっそう》に泊《と》まっていた。


ある年の春。いつもの遊び仲間数人でここを訪《おとず》れた。

女性陣《じょせいじん》は別荘《べっそう》に残し、男性陣《だんせいじん》はかんたんなさおを持って、近所の防波堤《ぼうはてい》へカレイ釣《つ》りに出かけた。

釣果《ちょうか》はまずまずで、カレイに交ざってヒラメやアブラコ、クロゾイ、マゾイ、マイワシがヒット。

仲間のひとりに調理師がいて、それらの魚はすべてうまい刺身《さしみ》となって、みんなの胃ぶくろへ納《おさ》まる予定だった。

陽《ひ》もだいぶ西へかたむきかけたころ、腹《はら》をすかせた一行はさおをたたみ、別荘《べっそう》へもどることにした。

車に乗りこみ、しばらく走ったあたりで、助手席に乗っていた工藤《くどう》が、神妙《しんみょう》な面持《おもも》ちでこんなことをいいだした。

「あのさ中村、ちょっといいかな?」

「おう、なに?」

「魚……いっぱい釣《つ》れたよな?」

「おお! 大漁大漁! この分だと明日の分までバッチリだな!」

少し間をあけて、工藤《くどう》が続ける。

「『魚は』……な……」

「なんだよそれ? 『魚は』って?」

「この辺ってあれだろ? やっぱほら……なぁ……みんな」

するとうしろに乗っていた友人たちが、工藤《くどう》に同調するように、おかしな連携《れんけい》を見せだした。

「こんなに釣果《ちょうか》が上がっていながら、おれもなんだかもの足りねえって思ってたんだ！」

うしろにいた蜂谷《はちや》に、寺本が嬉《うれ》しそうな表情をうかべて続く。

「やっぱなぁ……ここへきてアレがねえってのもなぁ」

初めはなんのことかわからなかったが、友人たちがいう〝アレ〟とはカニのことだと、すぐにわたしも理解した。

実はこのあたりは、毛ガニの水揚《みずあ》げ量が豊富なことで知られている。〝ここへ行けばカニ！〟という図式が、世間一般《いっぱん》で成り立っているような場所だった。

そうはいっても、毛ガニが高価なことに変わりはない。

「おまえらうるさいよ！　そんな予算はないっての」

わたしはカニを夢見る友人たちに、ぴしゃりといった。

「なにも、おまえにおごってくれとはいってないよ。みんなで金、出し合ってさ、な！　な！」

工藤《くどう》が提案したそのとき、すかさず寺本が発見した。

「あっ、ほらほら！　ちょうどそこに、カニ屋があんじゃねえか！　そこ入れ、早くっ！」

寺本の言葉を無視《むし》しようとしたが、横に乗っていた工藤《くどう》が信じられないことに、わたしのにぎっているハンドルを、カニ屋側へぐぐっと回した。

「あぶねえなー」

いってはみたものの、入ってしまったものは仕方がない。とりあえず店内へと足を運ぶことにした。

車が止まるのももどかしいように、蜂谷《はちや》たちはあっという間に車を降《お》り、すでに店内で品定めしている。

「中村っ！　これ、これ見てくれ！　これっ！」

蜂谷《はちや》が指さす先を見ると、そこには見たこともないほど、でっかいカニがいる。カニというより、カニ型の生き物といった方がいいような大きさだ。

「すんげえな、おい。これ……なに？」

あまりの大きさに、わたしは思わずそういってしまった。

「ばーか。こりゃ、れっきとした毛ガニだよ！　よっしゃ！　そいつで決まりだな」

「えーちょっと待て待て。店の人に聞いてみよう」

わたしは、そいつに即決《そっけつ》しようとしている工藤《くどう》を差し止めた。

「なにを聞くんだよ?」

蜂谷《はちや》がいぶかしがる。

「果物でもそうだが、変に大きいものってのは、大味だっていうじゃないか」

「カニだよ、カニ! ミカンといっしょにすんなよ!」

なにが問題なんだといわんばかりに、寺本がわたしにつめ寄る。

それでもなんだか気になったわたしは、店にいた親父《おやじ》さんに聞いてみることにした。

「うーん、大味ってことはないんだけどねぇ」

わたしに顔を向けた寺本が「ほらみろ!」と無言でいった。

親父《おやじ》さんが続ける。

「でも……大味ではないだろうけど、こういったたぐいのものは、通常、我々《われわれ》は『はねる』んだよな」

「ハネル?」

「そう。他のと比べて、こいつぁ、あまりにも大ぶりだからな。通常の卸《おろし》には回さねえんだ」

「みそもがっちりつまってて美味《うま》そうじゃねぇ？　なぁ中村、これにしようよ！」

親父《おやじ》さんの言葉など気にすることなく、工藤《くどう》がカニをつかもうとするが、わたしにはなんだか変な胸《むな》さわぎがあった。

「それでもいいってんなら……そうだな、二千円でいいよ」

「やすっ!!」

いあわせた全員が同時にいった。

「どっちにしても、家で待ってる女の子たちもいるんだからさ。いくらこいつがでかいっていったって、これ一ぱいじゃ、しょうがねえよ。あと適当なの二、三ばいちょうだい」

さすがにわたしもその安さに負け、そいつを選ぶことにした。

「よっしゃ！　じゃあ三つばかり、いいのを選んであげるから、全部で八千円でいいや！」

全員で二千円ずつ出し、発泡《はっぽう》スチロールケースに入れてもらって、カニを車に積みこむ。

いま思っても、あの化けガニのでかさは尋常《じんじょう》ではない。

普通《ふつう》の毛ガニの大きさなら、大人ひとりで一ぱい、平らげることはできるだろう。しかしその化けガニは、大の男四人でも余りそうな貫禄《かんろく》をほこっていた。

別荘《べっそう》へもどったときには、女性陣《じょせいじん》が食事のしたくを準備万端《ばんたん》、整えていた。トランクに積んであった大型のクーラーバッグを開け、「きゃあ～っ、すっご～い！」と嬉《うれ》しい悲鳴を上げている。でも男たちが誇示《こじ》したいのは、自分たちが必死に釣《つ》り上げた魚ではなかった。

あのカニだ。

「いいかみんな！　おどろくなよ～」

十分もったいつけて、工藤《くどう》が例の発泡《はっぽう》スチロールケースのふたを開けてみせた。

「ギャーッ!!」

そうさけぶなり、女性陣《じょせいじん》はうしろへとびはね、全員がぺたんとしりもちをついている。

「おいおい……いくらなんでも大げさじゃね？」

工藤《くどう》のその言葉には、だれひとり答えなかった。

そしてそれ以降《いこう》、女性たちの態度が急変する。全員自ら口を開こうとせず、さっきまでの盛《も》りあがりがうそのようだった。

「なぁみんな……、いったいどうした？」

そう聞いても、女性たちは、ただ首を横にふるだけだった。

まるで通夜《つや》か葬式《そうしき》のようになっている。

「おいおい、みんなどうした？　せっかくこうしてみんなで集まってんだから、もっと楽しくやろうよ！　なっ！」

わたしが声をかけると、それを機にすこしずつ場がなごみ、おしだまっていた男たちにも勢いがもどってきた。

「よし！　そんじゃあ、寺本。例によって刺身《さしみ》の方、たのむわ。おれは、そこにあるずんどうでカニ、ゆでるからさ」

工藤《くどう》が立ちあがり、女性陣《じょせいじん》用に買った小さい方のカニ、とはいえそこそこ大きい三ばいを先になべに投入する。

カニは通常、裏返《うらがえ》しにしてなべに入れる。

その理由は、みそが湯に流れ出すのを防ぐため、それと、もうひとつある。

熱湯に入れたとたん、命の危機《きき》を感じたカニが、最期《さいご》の力をふりしぼって、いままさに自分を殺そうとする者の腕《うで》を、ものすごい勢いではい上がってくることがあるからだ。

湯にあら塩を適量入れ、なべの中で逆さにされた三ばいのカニは、いずれもうまそうな芳香《ほうこう》を放ち、赤く色付いていく。

「よっしゃあ！　そろそろ、ころあいだ。カニ上げるぞ！」

そういうと工藤《くどう》は、ゆで上がったカニをざるですくい、一ぱいずつ皿にのせていく。

そのころには刺身《さしみ》もあらかた仕上がり、大皿に盛《も》り付けられたそれらは、広間のテーブルを一気に華《はな》やかにした。

「さぁ、ひと通り食卓《しょくたく》もはなやいだことだし、ここらでかんぱいしようぜ！」

「ちょっと待ってくれ。おれたちの分の化けガニをなべに入れちまうから」

グラスを差し出したわたしに、工藤《くどう》がいった。

女性たちの表情が再び固まっていく。

「工藤《くどう》君……それ、そのカニ……本当に食べるの？」

女性陣《じょせいじん》のひとり、絵里ちゃんが、思わず工藤《くどう》にきいた。

「えっ!?　あたりまえじゃん！　なんでそんなこと……」

「ううん、ごめん、ごめんね。いいのいいの。気にしないで」

なんだかまた、いやな空気がただよい始めたのを察した寺本が、おどけた様子でその場を取りつくろう。

「さあてっ!! はい、とにかく、かんぱいかんぱいっ! ほら、みんなコップ持って」

「かんぱ～い!」

それぞれが軽くコップを当て合い、きんきんに冷えたビールをのどへ流しこむ。

カニをなべにいれると、工藤《くどう》もいったん広間にもどってきて、みんなといっしょに作りたての刺身《さしみ》をつまんでいる。

それから、しばらくしたころだった。

「さて……と。お化けは、もういいころかな?」

「お化けいうなっ!」

わたしの言葉に笑顔《えがお》で返すと、工藤《くどう》は立ち上がって、火にかけてある大なべの様子を見にいった。

「んんっ? なんだこれっ?」

「なんだ、どうした？」

すぐにキッチンの工藤《くどう》を見にいく。

「いや、ちょっとこれがな……あっちーっ！」

工藤《くどう》がなべの中に手をつっこんでいる。熱いはずだ。

「なにやってんだ、おまえ？」

わたしは笑いながら見ていたが、工藤《くどう》が鍋《なべ》から出した手を見たとたん、自分の顔からすうっと笑《え》みが消えていくのがわかった。

「これ……これがな、湯ん中に入ってたもんだから」

そういって工藤《くどう》が指でつまんで見せたのは、一本の長い黒髪《くろかみ》だった。

「うえっ！」

それを見ていた女の子が、口をおさえてトイレへかけこむ。

「なんだよ……たかが髪《かみ》の毛だろう……」

そういったものの、湯の表面にういたあわにまとわり付くようにして、先ほどと同じ長い黒《くろ》髪《かみ》がうき上がってくることに工藤《くどう》は気づいた。

「と、とにかく、ゆで上がったから、皿に上げるぞ」

ざーっと工藤《くどう》が湯からカニを上げる。別段《べつだん》、変わったところは見受けられない。

カニがのった大皿を両手でたずさえ、工藤《くどう》はみんなの座《すわ》る中央のテーブルへと向かう。

「さあさあ、メインディッシュのお出ましだぞ」

「待ち兼《か》ねたよぉ。早く食べようぜ！　腹《はら》減っ……」

寺本と蜂谷《はちや》が催促《さいそく》するようにいった。

「待てっ!!」

そのとき、工藤《くどう》が出しかけた蜂谷《はちや》の手をふりはらった。工藤《くどう》はある一点を見つめたまま、身じろぎもしない。

「……中村、あのカニ屋の親父《おやじ》、『こういったものは通常はねる』っていってたよな？」

「あ、ああ。そういってたな」

「なんとなくだが、その理由がわかったぞ……」

工藤《くどう》の視線《しせん》は、さきほどと同じところから動いていない。

「ど、どういうこと？」

「ここ！　ここ見ろ、中村……」

工藤《くどう》の指先がふるえている。その指がさすあたりに、わたしはじっと目をこらした。

「んんっ？　なんだ、これ……？」

カニの足の付け根、甲羅《こうら》の下の継《つ》ぎ目あたりから、なにかがはみ出している。

すると工藤《くどう》はやにわに甲羅《こうら》の端《はし》を持つと、一気にそれをはがしにかかった。

〝バリッ！　バリリッ！〟

本来であれば、いちばんわくわくするシーンだが、このときばかりはちがった。


がばっと開かれた、いちばんうまいはずの場所。

そこには、無数にとぐろを巻《ま》く、真っ黒な髪《かみ》の毛が丸まっていた。

「うわああああああああああああっ!!」

そこにいた全員の悲鳴が上がる。

「やっぱり！」

工藤《くどう》の彼女《かのじょ》の和美《かずみ》ちゃんが、おびえる目でさけぶ。すかさずわたしは和美《かずみ》ちゃんにたずねた。

「か、和美《かずみ》ちゃんっ！　『やっぱり』ってなんだよっ！」

「さっき……さっきね、あなたたちが帰ってきたとき、あの箱を開けた瞬間《しゅんかん》、あたしたち全員悲鳴を上げたわよね」

「ああ！　それがなに……」

「ふたを開けた瞬間《しゅんかん》……中から見たこともない女が顔を出したのよっ！」

大きな海難《かいなん》事故が起こった海域《かいいき》や、自殺が多発する断崖《だんがい》の下では、カニやエビ、アワビなどが異常《いじょう》なほど大きく育つのだという。

恩賜《おんし》の軍刀

いまから十数年まえ、わたしが経営する会社の一セクションに、家屋の解体を専門《せんもん》とするグループがあった。

その日は、埼玉県《さいたまけん》に依頼《いらい》があり、朝早くから七、八人の職人をむかわせた。

昼を過ぎたころ、わたしの携帯《けいたい》電話に現場主任を任せている安藤《あんどう》から連絡《れんらく》が入った。

「社長、実は困《こま》ったものが出てきまして……」

「なんだ、今度はなにが出てきた？」

わたしが〝今度は〟とまえ置きしたのには理由がある。

解体する家屋はほぼすべてが古いものであり、中には数百年をへたような旧家もある。

ゆか下や天井裏《てんじょううら》、ときには土蔵《どぞう》や納戸《なんど》などから、骨董《こっとう》といえるような貴重《きちょう》なものが出てくることもめずらしくない。

以前、手がけた山梨《やまなし》にある茅《かや》ぶきの旧家からは、慶長《けいちょう》小判が二十数枚《すうまい》と天保《てんぽう》大判五枚《まい》が出てきた。もちろんそれらは、一枚《まい》残らず家の所有者にお返ししたが、「億は下らないかも……」とあとから聞かされ、目の玉が飛び出そうなほど、おどろいたことがある。

とにかくこちらへきてほしいという、安藤《あんどう》の要請《ようせい》を受け、わたしは取り急ぎ現場へと車を走らせた。

「朝いちばんで神主《かんぬし》がきて、祝詞《のりと》をあげてもらったんですが、そのとき家がガタガタとゆれたんです」

興奮《こうふん》気味に安藤《あんどう》が話す。

「ゆれた？　どんな風にだい？」

「いやあ、あれはものすごかったですよ。地震《じしん》というより……まるで台風の風にあおられているかのような感じで、地べたから持ち上がるような、なんとも不気味な感じで……」

〝不気味〟というのが気になった。

「持ち上がるような感じねえ……神主《かんぬし》はなんて？」

「それが……神主《かんぬし》もおどろいちゃって、『長年やってるが、こんな経験は初めてだ』っていってました」

「そうか。それで、なにが出てきたんだ？」

「ああそうでした、ちょっと待ってください」

安藤《あんどう》はそういうと、重機の運転席からなにかを取り出し、こちらへもどってきた。

「これです」

見るとそれは一振《ひとふり》の軍刀だった。

「こりゃあ……恩賜《おんし》の軍刀じゃねえか?!」

恩賜《おんし》の軍刀というのは、日本に軍隊があった時代に、陸軍や海軍のエリートを養成する士官学校や大学校の成績優秀者《ゆうしゅうしゃ》に、天皇陛下《てんのうへいか》から授与《じゅよ》される細い刀のことだ。

それを授与《じゅよ》されるということは、当時の日本人にとってなににも勝《まさ》る名誉《めいよ》だった。

これはすぐに所有者に返さねばならない。

「見事なものだな……それで、所有者には？」

「もちろん連絡《れんらく》しましたが、『そんなものはいらないから、捨《す》ててくれ』と……」

どうりで困《こま》ってわたしに連絡《れんらく》してくるはずだった。

「そんなわけにはいかんだろう。おれが、かけ合ってみよう」

「お願いします」

わたしは車にもどり、工事発注書にある土地の所有者へ電話をかけてみた。

声の感じから三、四十代と思われる男性だった。

「さきほども現場監督《かんとく》さんに伝えましたが、あの軍刀を持っていたのはわたしの祖父でして……。その祖父もすでに他界してますし、特別に価値《かち》があるものでもありません。ごみとして処分《しょぶん》していただけませんかね……」

あまりにも人情のないいい方に、わたしは少しカチンときた。

失礼とは思いつつも、つい口が止まらなくなってしまった。

「このご宝刀《ほうとう》は、仮にもあなたのおじいさんの軍功を讃《たた》えられ、天皇陛下《てんのうへいか》から授《さず》かったものですよ。それをごみといっしょに捨《す》てるというのは、いかがなものでしょう？

しかもこれは刀剣《とうけん》ですから、このまま捨《す》てれば銃刀法違反《じゅうとうほういはん》です。あなたが受け取りを拒否《きょひ》されるのであれば、こちらとしては警察《けいさつ》に届《とど》け出るしかありませんね！」

「えっ、いや、ちょっと待ってくださいよ！　そんなことされたら……」

警察《けいさつ》といわれ、さすがにあせり出したようだ。

「だったらきちんと、そちらでしかるべき処置《しょち》をお願いいたします。わたしとしては、おじいさんの遺志《いし》を受け継《つ》いで、この刀を大切にされることが、なによりの処置《しょち》だと思いますよ」


その晩《ばん》、寝入《ねい》りばなに、また安藤《あんどう》から電話があった。

いますぐ現場にきてほしいという。

こんな時間にとは思ったが、安藤《あんどう》ひとりにまかせておくわけにもいかず、わたしは埼玉《さいたま》まで車を走らせた。

できるだけ急いだが、着いてみたら現場にはだれもいない。

なんだかキツネにつままれたような気になり、とりあえずタバコに火をつけ、周囲を見わたした。するとタバコの火のむこう、解体とちゅうの残がいの中に人かげのようなものが見える。

それはまるで、陽炎《かげろう》のようにゆらめきながら、少しずつわたしに近づいてきた。

……軍人。

瞬間的《しゅんかんてき》にわたしはそう感じた。

しばらくおぼろ気に見えていたが、少しずつ実体化していき、気づくとわたしの目のまえに凛《りん》として立っていた。

軍服を着て、背《せ》すじをのばし、立派《りっぱ》な口ひげをたくわえた姿《すがた》は、歴史の教科書で見た伊藤博《いとうひろ》文《ぶみ》公ににている。

腰《こし》には軍刀、胸《むね》にはたくさんの勲章《くんしょう》を下げている。白い軍服は日本海軍のものと思われた。ぴちっとはめた手ぶくろが、異様《いよう》なほど輝《かがや》いて見える。

(な、なんで……おれのまえ?)

そう思った瞬間《しゅんかん》、わたしの心の中に、低い男の人の声が静かにひびいた。

(面目次第《めんぼくしだい》もござらぬ……)

軍人のきりりとした目元からは、ひとすじの涙《なみだ》が伝っている。

おもむろに右手を上げて、敬礼《けいれい》すると軍人はそのまま闇《やみ》にとけこむように消えていった。

「ちょっ、ちょっと待って！」

自分の声におどろいて覚醒《かくせい》すると、そこはふとんの中だった。

（すべて夢……？）

しかし、あまりにも生々しくわたしの心は軍人の顔と声を記憶《きおく》していた。

翌日《よくじつ》、昼を過ぎたころ、土地の所有者である孫から電話があった。

「昨日は大変失礼いたしました。実は……あの刀は、大切に保存《ほぞん》することになりまして。ついては、その……まことに勝手なんですが、こちらにお返しいただけないかと……」

その晩《ばん》、わたしは預かっていた軍刀を持って、孫の家におもむいた。

どういう心境の変化かと聞くと、孫から思いがけない答えが返ってきた。

「実は夕べ、枕元《まくらもと》にじいさんが立ちまして……。生前、それも元気だったころのように、激《はげ》しくどなられましてね……」

孫は、夢の中に軍服を身にまとったおじいさんが現れ、軍刀のさやで頭を一発なぐられたという。

「あの……どのような方だったのでしょう。よろしければ、おじいさんの写真など拝見《はいけん》できませんか？」

わたしは孫にたのんでみた。

「ああ、もちろん構いませんよ」

そういって孫が持ってきた古いアルバムには、若《わか》かりしころのおじいさんの写真がはってあった。

そこに凜《りん》として立つ姿《すがた》は、わたしが昨晩《さくばん》会った、伊藤博文《いとうひろぶみ》公そっくりのあの人だった。

座敷童《ざしきわらし》との夜

いまから十数年まえになるだろうか。

〝座敷童《ざしきわらし》〟が出ることで有名な旅館に泊《と》まったことがある。

当初、守り神とされる〝亀麿《かめまろ》〟君が現れる〝槐《えんじゅ》の間〟に泊《と》まろうと予約を入れた。

「全然無理です！」

予想はしていたが、あっさり一蹴《いっしゅう》された。なんと六年先まで予約が入っているという。

それでも、同じ屋根の下に泊《と》まってみたい一心で、他の部屋しか空いていないのを承知で、予約を取り付けた。

宿泊《しゅくはく》当日。

旅館に到着《とうちゃく》してみると、なにやら五、六人の集団が、やいのやいのともめている。

話を聞いていると、どうやら、全員一家族らしい。

「せっかく、なん年もまえから予約してたのに……」

父親と思われる男性が、娘《むすめ》らしい女の子にいった。

「いやなものは、いやなの！」

「だって幸せになれるって……」

母親らしき人もいうが、娘《むすめ》はがんとして首をたてにふらない。

「いやだったら、いや！」

わたしは旅館の人に事情を聞いてみた。

いまから数年まえ、父親から、座敷童《ざしきわらし》が出る例の槐《えんじゅ》の間に予約が入った。

それからなん年もの歳月《さいげつ》が過ぎ、ようやく宿泊《しゅくはく》できる日となり、一家は遠方から車でやってきた。

ところが、予約当時六歳《さい》だった娘《むすめ》は、いまでは十二歳《さい》。

親が思う以上に、感受性は豊かなものへと変化していたわけだ。

〝座敷童《ざしきわらし》＝幽霊《ゆうれい》・妖怪《ようかい》・お化け〟という図式を、娘《むすめ》はどうしても受け入れられず、六年越《ご》しのお父さんの計画はあえなく水のあわとなった。

そして、なんとそのぼた餅《もち》は、わたしの頭上にある棚《たな》からどかっと落ちてきたのだった。

「……という事情ですので、よろしければ、今晩《こんばん》は槐《えんじゅ》の間にお泊《と》まりください」

よろしければもなにもない。

わたしは二つ返事で、ありがたく槐《えんじゅ》の間に泊《と》まることとなった。


その晩《ばん》、うす暗い常夜灯だけをつけ、わたしはふとんに入った。

なかなか寝付《ねつ》けなかったものの、次第《しだい》に旅のつかれが頭をもたげ始め、いつしかわたしは、すいっと眠《ねむ》りのふちに落ちていた。

枕元《まくらもと》付近には亀麿《かめまろ》へのお供《そな》え物として、たくさんのおもちゃが山のように積み上げてある。

その中に、おもちゃの電子ピアノが置かれていた。

わたしは就寝《しゅうしん》まえから、それが異様《いよう》に気になって仕方なかった。なぜかはわからないが、とにかくそのピアノが気になって、なんどもなんども目をやっていたほどだった。

ピロンッ

ピアノがとつぜん鳴った。

そのとたん、わたしは一気に目がさえ、半身を起こしておもちゃの山に目をやる。

おもちゃのピアノが光っている。

そしてまた、わたしの見ているまえで〝ピロンピロンッ〟と鳴った。

「どうぞ。好きなもので遊んでちょうだい。いいねぇ、こんなにたくさん、おもちゃがあって……」

わたしはそう口に出して、おもちゃが置いてある床《とこ》の間に向かって笑いかけた。

明かりをつけるとかくれてしまいそうだったので、常夜灯をそのままにして、静かにふとんをぬけ出し、端《はし》に寄せてある卓袱台《ちゃぶだい》に置かれた、大きな灰皿《はいざら》を手まえに引き寄せる。

手元に置いてあった夕バコをくわえ、それに火をつけようとライターのありかを探《さぐ》っていると、先程《さきほど》引き寄せたはずの灰皿《はいざら》が、ずずーっと遠ざかった。

「な……なんだ？」

ひじでもぶつかったかといぶかりながら、もう一度、灰皿《はいざら》を手元に引き寄せる。

手にふれたライターをカチリとやると、また灰皿《はいざら》がずずーっと遠くへ動いた。

そのときだった。

きがねな　おじょってけろ

はっきりとそう聞こえた。

どうやらタバコはきらいらしい。

考えてみれば、彼はまだ子どもなのだ。わたしも子どものころは、大人がはき出すこの煙《けむり》が大きらいだった。

「ごめん、ごめんね！」

わたしがそういった瞬間《しゅんかん》、なんだか温かい風がふいたように感じた。

それはとても優《やさ》しい、涙《なみだ》が出そうなほど、なつかしいにおいのする風だった。

翌朝《よくあさ》、わたしは番頭さんにたずねてみた。

「はぁ、そうですか。声がねぇ」

「そうなんです。『きがねな　おじょってけろ』とは、ご当地ではどういう意味で？」

「あはは、それは『聞き分けがないなぁ　あっち、やっといてよ』という意味ですよ」

彼《かれ》はいる。いまもちゃんと。いつかまた、あいたいなぁ。

呼《よ》ぶ少女

札幌《さっぽろ》のほぼ中心を流れる豊平川《とよひらがわ》。

江戸《えど》時代はサケの漁場だったが、水質汚染《おせん》でサケがのぼることはなくなり、一九七〇年代には〝カムバックサーモン〟という市民運動も展開《てんかい》された。石狩川水系《いしかりがわすいけい》の一級河川《かせん》である。

いまから三十年近くまえになるだろうか。

豊平川《とよひらがわ》のすぐわきに高級マンションがあり、その中の一室で、いまでは恒例《こうれい》となった〝怪談《かいだん》会《かい》〟が開かれた。

わたしにとっては、それが初めてお金をいただいてもよおした〝ライブ〟であり、人様にこわい話を聞いていただくという〝怪談《かいだん》語り〟の足がかりになる、記念すべき一夜だった。

会場となったその部屋の主は、友人の加藤《かとう》。当時はバブル景気真っただ中で、加藤《かとう》はその好景気に乗って成功した、若《わか》き実業家だった。

加藤《かとう》の部屋はとんでもない豪勢《ごうせい》な間取りで、リビングだけで三十八畳《じょう》。それに寝室《しんしつ》、客間、書斎《しょさい》などを合わせ8LDKという、とほうもない広さだった。

怪談会《かいだんかい》は盛況《せいきょう》で、スタートの夜九時の時点で、定員の四十名をはるかにこす客の入りだった。

それまでにわたしが遭遇《そうぐう》した数々の体験を語っていき、終演をむかえるころには、深夜二時を回っていた。

来場者がそれぞれの家路につく中、わたしもそろそろ帰ろう……と腰《こし》を上げかける。

「おいおいおいおいおい！」

声をかけてきたのは、当家の主・加藤《かとう》だ。

「なんだよ？」

「あのさ、こういっちゃなんだけども……。いやあのな……あれだけおそろしげな話をひけらかしといてだな、みんな帰っちゃうってのは……」

「はい？」

なにをいおうとしているのか、さっぱりわからず、わたしはけげんな顔で加藤《かとう》を見る。

「わ、悪いんだけどさ、せめておまえだけでも、その……泊《と》まっていってくれないかと……」

「要するに、こわいわけだな？」

「そういう解釈《かいしゃく》もまちがってないけどな！」

結局、わたしはそのまま泊《と》まることにした。

ふだん、加藤《かとう》は寝室《しんしつ》のベッドに寝《ね》ていたが、その日は客間にふとんをしき、ふたりでごろんと寝転《ねころ》がる。

やがて加藤《かとう》はクウクウと寝息《ねいき》を立て出した。

わたしはなかなか寝付《ねつ》けなかった。

〝大勢のまえで五時間もしゃべり続ける〟という、生まれて初めての経験で、興奮《こうふん》冷めやらぬ思いがあったからだろう。ふとんに包《くる》まり、まんじりともせず、ただただ時間がたつのを待っていた。

そんなときだった。

（……ん？　いまなにか聞こえたような……？）

空耳とも思えるその音に、わたしは全神経を集中させる。

ねぇ～……ねぇ～……

（な、なんだ？　だれかが呼《よ》んで……）

ねぇ～っ、ねぇ～ってば～っ！

今度ははっきりと聞こえた。
だれかが階下から呼《よ》んでいる。しかもそれは、わたしに語りかけている、そのときのわたしは、なぜか直感的にそう感じた。
ふとんをぬけ出し、窓《まど》にかかるカーテンを開けて外を見るが、大きくつき出たテラスがじゃまして下が見えない。

ねぇ～っ、聞こえないのぉ～っ！


なんだか必死に呼《よ》ぶ声にほだされ、わたしは窓《まど》を開けて、テラスへ出てみた。

空にはやたらと大きな月が出ており、目のまえを流れる豊平川《とよひらがわ》の水面に、そのかげをすうっと落としている。

おそるおそる下をのぞくと、川沿《かわぞ》いの遊歩道に人かげがあるのが確認《かくにん》できた。

髪《かみ》の長い女の子……。

その子には見覚えがあった。

怪談会《かいだんかい》も佳境《かきょう》をすぎ、終演まで残り二十分というあたりで部屋へ入ってきて、いちばんうしろに立って聞いていた、線の細い女の子……。

ここからはシルエットしか確認《かくにん》することはできなかったが、わたしはまちがいなくその子だと感じた。なぜだかわからないが、そう確信できた。

その子が川の方を指さし、なにやら必死にうったえている。

とにかく、いま、あそこでなにかが起こっていると感じたわたしは、加藤《かとう》をゆり起こした。

ところが加藤《かとう》はなにをしても、なにをいっても、まったく起きる気配がない。

(こうなれば、自分ひとりで行くしかない!)

わたしは部屋を飛び出し、エレベーターホールまで行くと↓のボタンを連打した。

やっと到着《とうちゃく》したエレベーターに乗りこみ、一階のボタンをおす。

そのとき不意に、ひとつの疑問《ぎもん》がわき起こった。

(二重に窓《まど》が閉《し》まっている八階の部屋まで、よく声が届《とど》いたもんだな……)

そうこうするうち〝ポン!〟と音がして、エレベーターは一階に到着《とうちゃく》した。

小走りで遊歩道に向かうと、女の子は上から見たのとまったく同じ位置で、わたしを待っていた。

「はぁはぁ……ど、どうしたの? なんかあったの?」

そう聞くわたしを尻目《しりめ》に、その子はにこりと笑っていった。

「実は見せたいものがあるの」

「見せたいもの? こんな夜中にかい?」

「そう。こっちよ」

そういうが早いか、彼女《かのじょ》は堤防《ていぼう》の土手をかけ下り、しばふをぬけ、サイクリングロードを横切って、その先に待つ川へと向かっていく。

「おいおい！　そっちは川だぞ！」

わたしの問いかけには答えず、彼女《かのじょ》は、水面へと続く柵《さく》を乗りこえようとしている。

「危《あぶ》ないって！　どこ行くつもりなの！　いったいなに!?」

「ほら、これ！　見て……」

なにがあるのかと、わたしは彼女《かのじょ》の指さす先に目をこらした。


周囲の明かりといえば、遠くに光る水銀灯。それに、月明かりだけだった。

ぼんやりとした明かりが照らし出す川の流れの上に、確かになにかが見える。

それはまるで、水の流れに逆らうようにたたずみ、ときおり、水面からひょこひょこと顔をのぞかせて留《とど》まっている。

わたしはもっと近くで見ようと、そのそばへ寄った。

「うわっ!!　なっ、なんだこれっ！」

なんとそれは、白木に筆書きで、なんらかの梵字《ぼんじ》と戒名《かいみょう》が書かれた位牌《いはい》だった。

次の瞬間《しゅんかん》、それまで流れに逆らって、うきしずみをくり返していたそれは、まるで糸が切れたように、水の底へとしずんでいってしまった。

「なんで……いったい、だれのいは……」

彼女《かのじょ》の方へふり返りながら、そうわたしがつぶやいたときだった。


それは……あぁたぁしよぉぉぉ……


そこにさきほどまでの彼女《かのじょ》の姿《すがた》はなく、破裂寸前《はれつすんぜん》にまでふくれ上がった、水死体そのものが立っていた。

そして変にひしゃげた首を左右に動かしながら、にじりにじりとわたしに近付いてくるのだ。

「うわああああああああああっ!!」

「おおっ！　びっくりしたぁっ！」

「へっ？」

「へっ、じゃねえよ！　寝言《ねごと》で人をおどかして、どうしようってんだ！」

加藤《かとう》の声で気がつくと、そこは元のふとんの中。

時間は午前十時をとっくに過ぎている。

「えっ……あれ？」

「寝《ね》ぼけてやがんな？」

加藤《かとう》がすっきりした口調でいう。ずいぶんまえに起きていたようだ。

「夢かぁ……。ううっ寒気がする。ああいやな夢見た……」

「なんだよ、おっかねえ夢でも見てたのか？」

「しゃれになんねえなー、ああいうたぐいの夢は……」

そういいながら立ち上がり、キッチンへ水を飲みに行こうとするわたしに、加藤《かとう》が背後《はいご》からいった。

「そういやおまえ、夜中にどこ行ってたんだ？」

「えっ……！」

「夜中におれのこと、起こしたろ?」

確かに起こそうとした。でも加藤《かとう》は起きなかった。

(いや、それ以前に、あれはすべて夢だったはずでは……。あれっ? ズボンのすそが……しめってる……)

わたしは急いで玄関《げんかん》へ行き、自分のくつを確認《かくにん》した。

買ったばかりのスニーカーにどろがついている。

玄関先《げんかんさき》で固まっているわたしを見て、なにか感づいたらしい加藤《かとう》がいった。

「もしかしておまえも『位牌《いはい》』か?」

「おまえもって!? 位牌《いはい》? そっ、その通りだよ! なんなんだそれっ!」

「やっぱりな。実は夕べ、あんな会をもよおしてるし、ちょっと心配だったんだ。だからおまえに泊《と》まってくれるようにたのんだんだが……。

そのおまえが食《く》らっちゃうとは思わなかった」

「ちょっと待て! ちゃんと話せよ。なにがあった? あの子はなんなんだ?」

「実はな、あの子は……もともとこのマンションの十階に住んでたんだ。一昨年《おととし》えらく雨が降《ふ》って、川がものすごく増水したことがあったろ?」

確かに一昨年《おととし》の夏、北海道全域《ぜんいき》に大雨が降《ふ》り、一時はこの豊平川《とよひらがわ》も危険水域《きけんすいいき》にまで達したことがあった。

「まるでそれを待つかのようにして、まえの川に身を投げたんだ、その子……」

「身投げ? 増水した川にか?」

「ああ。家にはおかしな書き置きがあってな。一行、『今日は海まで行けそう』と書かれていたそうだ」

加藤《かとう》は一度わたしの顔を見てから、話を続ける。

「その後、この建物に住む住民たちから、おかしな声が出始めてな。初めは、一階のエントランスにある管理人室からだった。管理人さんが、夜中に館内の巡回《じゅんかい》を終えてもどってみると、ドアのまえに、びしょぬれになった位牌《いはい》が置かれていたというんだ。

その後も位牌《いはい》にまつわる話が横行したが、おれは、はなから信じなかった」

「それで、その管理人が見つけた位牌《いはい》はどうなったのよ?」

「それがな。そのまま放置することもできないと、管理人室に持ちこんだそうなんだが、翌日《よくじつ》、置いたはずの場所から忽然《こつぜん》と姿《すがた》を消したって……」

「まじか？」

「その直後に、その管理人もなぜかとつぜん辞《や》めたから、あながち、うそとはいいがたいと思う」

加藤《かとう》の話はここで終わった。わたしもそれ以上、つっこんでは聞かなかった。

自殺……。

世をはかなんで自ら命を絶つこと。でも、それで得心し、安らぎを得る者などひとりもいないのだ。

古ビル

あのビルを訪《おとず》れたのは、いつのことだったろう。

そもそも、いったいなんの目的で足をふみ入れたのかさえ、いまとなっては定かではない。

にぎやかな表通りから左へ折れ、いくつもの路地をぬけると、まるでときの流れに取り残されたかのような一角が姿《すがた》を現す。

周辺には一種独特なにおいがただよう。蚊《か》取《と》り線香《せんこう》のような、手持ち花火の火薬の残臭《ざんしゅう》のような……その正体がなにであるかはまるでわからない。

周囲を見わたすと、昭和をおもわせる数々のたたずまいが、実にゆっくりとそのときを刻《きざ》んでいる。

裸電球《はだかでんきゅう》が下がった魚屋。

軒《のき》をのばし、品物をならべる八百屋、乾物屋《かんぶつや》、荒物屋《あらものや》……。

ところがそのすべてに〝人〟の存在《そんざい》が感じられず、おそろしいほどに閑散《かんさん》としている。

店のおくから注がれる、細く静かな視線《しせん》を横目に歩を進めると、北側の外れに位置する所に、そのビルは、とつじょとして姿《すがた》を現した。


高さは五階程度だとは思うのだが、ゆか面積をめいっぱい使っているのだろう、全体にずんぐりとして、一種異様《いよう》な雰囲気《ふんいき》がある。

その上、すべての窓《まど》には鉄格子《てつごうし》がはめこんであり、まるで強制収容所《しゅうようじょ》のようだった。

角を切った形であつらえてある、大きな観音開きのとびら。

その両側に、なかばくちかけた門灯。かべとの間に、大きな女郎《じょろう》グモが巣をめぐらせている。

片方《かたほう》のとびらのノブに手をかけ、手まえへ引こうとするが、とびらの〝合わせ〟部分がかんでしまい、思うように動かない。

なおも力をこめると、ギギッという木がこすれる音と共に、重く厚いとびらが、その口を開いた。

おそるおそる、ビルの中へと足をふみ入れる。

使い古された木材が発するものなのか、停滞《ていたい》した空気が発するものなのか、異様《いよう》なすえた臭気《しゅうき》が鼻をついてくる。

左手にある階段《かいだん》を上り、二階へと向かう。

その一枚《まい》一枚《まい》が反り返ったゆか板には、黄土色のほこりが累積《るいせき》しており、板のきしみによってふうわりと空中へまい上がる。

「あ、いたたっ！」

とつぜん、右手の指先にするどい痛《いた》みを感じた。

見ると、木製の手すりの一部がささくれていて、とげが人差し指のつめの間に入ってしまったようだ。

明るい方に指をすかして見る。どうやら、しっかりとささりこんでいるらしい。

じんじんと痛《いた》くてたまらない。

（細菌《さいきん》でも入って、ひょう疽《そ》にでもなったら、しゃれにならんな……）

そう思い、どこかに水場はないかと歩き回った。

【便所】

廊下《ろうか》のいちばんおくに、そう書かれた小さな看板《かんばん》を発見して飛びこむ。
緑青《ろくしょう》のういた蛇口《じゃぐち》をひねると、赤茶けた水が勢いよくふきでた。
水が清浄《せいじょう》になるのを待ち、痛《いた》みが止まらない指先をひたす。
と、そのときだった。

ひぃやぁぁあぁぁ～

……ツタッツタッツタッツタッツタッツタッ……

(な、なんだ!?)
それはまるで、なに者かが奇声《きせい》を発しながら、廊下《ろうか》をスキップしてこちらに向かってくる……そんな感じだった。

ひぃやぁぁあぁぁ～

……ツタッツタッツタッツタッツタッツタッツタッツタッ……

そこそこの勢いで向かってくる〝スキップする奇声《きせい》〟に、猛烈《もうれつ》な恐怖《きょうふ》を感じて身構えた。

ツタッツタッツタッ……

……………………

目前にまでせまっていた気配が、とうとつにかき消えた。
息を殺し、ドアのむこうに全神経を集中させる。
自分が飲みこむ生つばの音が異様《いよう》に大きく聞こえ、自分で発した音さえ、うとましく思えた。

ふるえる手でドアノブをつかみ、ゆっくりと回していく。

おそるおそる顔をのぞかせて見るが、そこには真っ直《す》ぐのびる、ほこりまみれの板張り廊下《ろうか》があるだけで、あやしいものの片《へん》りんも見当たらない。

(さっき聞こえたあれは……いったい、なんだったんだ?)

そう思いながら廊下《ろうか》に出て、ゆかに視線《しせん》をやる。そして驚愕《きょうがく》した。

階段《かいだん》がある反対側のつき当たりから、一直線にこちら側へと進む自分の足あと。

それを上手にまたぐかのように、もうひとつの〝あと〟がついている。

しかもそれは、左手と左足のみを使った規則的な動きで、通常の歩行とは、かけはなれたものであった。聞こえた「ツタッツタッツタッ」は、〝スキップ〟などではなかったのだ。

それがなんであったのか。

なぜあの場所へ行ったのかさえも、わからないいまとなっては、知るよしもない。

子ネコ

道端《みちばた》に子ネコが寝《ね》ていた。

なでてやろうと近寄ってみると、子ネコはすでに死んでいた。

体に傷《きず》は見当たらない。

やせ細っているところを見ると、おそらく飢《う》えにより息絶えたのだろう。

そのままではあまりにかわいそうなので、わたしは持っていたキーホルダーに付いていた小さな鈴《すず》をそえ、近くの花畑へうめた。

つややかにさく、ビオラの横だった。


夜になり、ひとっ風呂《ぷろ》浴びて、わたしは床《とこ》についた。

少しばかりときがたち、わたしがうつらうつらしたのを見計らうように、階下で飼い犬がほえた。

チリン……チリンチリン……

その音に続いて、ぽふっと、なにかがふとんにのった。

ふみっ……ふみっ……ふみっ……

わたしの上を小さく軽いなにかが、やわらかく歩んでくる。

ふみっ……ふみっ……チリンチリン……

顔にふうとやわらかなものがふれ、わたしは鼻先をちりっとなめられた。

小さな小さな舌だった。

最期《さいご》の盆《ぼん》踊《おど》り

ときにはケンカをし、ときにはなぐさめ合う、子どものころ、いっしょに遊んだ友だち。

ときとともに、その思い出は忘却《ぼうきゃく》の彼方《かなた》へと飛び去るが、さびしくなったり悲しくなったりすると、またどこからかその記憶《きおく》はやってきて、そっとなぐさめてくれる。

だれにでも、そんな〝記憶《きおく》の中の友だち〟はいると思う。


ある日を境に、わたしは同じような夢を立て続けに見ていた。

「おーい！　なぁにやっててんのさ。早く早くぅ！」

そう急《せ》かされてうしろをふり向くと、子どものときの世界が広がっている。

（あ、そうかこれは夢なんだな……）

自分の中でそう納得《なっとく》してから、わたしは幼《おさな》なじみである○のうしろを追いかける。

着いた先は、盆踊《ぼんおど》りの会場だった。

子どもたちが小さな浴衣《ゆかた》を身にまとい、背中《せなか》にうちわをさしているのが見える。

幼《おさな》いころに慣れ親しんだ、北海道発祥《はっしょう》の〈子ども盆《ぼん》おどり唄《うた》〉が、耳に心地《ここち》よかった。


うちのすぐとなりに住んでいた○とその歌が、目を覚ましたあとも頭からはなれず、日中もなんだかちょっとした瞬間《しゅんかん》に、わたしの口から盆《ぼん》おどり唄《うた》がこぼれ出していた。

「なんです、その歌？　聞いたことはないけど、なんだか、なつかしい感じがする楽しい歌ですね」

わたしの会社のK君は、その歌のことをそういっていた。


その夕方のことだ。

生まれ故郷《こきょう》の友人のひとりが、わたしに電話をよこした。

「おう、久しぶり。あのな、おまえんちのとなりに住んでた○な……昨日、急に亡《な》くなったぞ……」

人生最期《さいご》の瞬間《しゅんかん》に、幼《おさな》いときいっしょに遊んだ、わたしのところへきてくれたのか……。

楽しかった思い出をいっしょに見ようと思ったのか。

あのときの盆踊《ぼんおど》りを、もう一度、踊《おど》りたかったのか。


〇よ、迷わず逝《い》けよ、そう祈《いの》らずにはいられなかった。

集合写真

「明日から日光へ行くんだけど、いっしょにどう？」

いまから十年ほどまえのこと、旅行好きの女友だち・薫《かおる》からさそいの電話が入ったが、あいにく仕事がいそがしく断った。

「じゃあ、お土産《みやげ》買ってくっからね！」

というので、わたしは温泉《おんせん》まんじゅうをお願いした。

数日後、もう帰ってきているだろうと、わたしは薫《かおる》に電話してみた。

なんどかコール音が鳴り、ようやく彼女《かのじょ》が出た。

「帰ってたんなら連絡《れんらく》よこせよぉ」

わたしがいうと、薫《かおる》は「いまから行くわ」とだけいい、電話を切った。

しばらくしてやってきた薫《かおる》は、変に神妙《しんみょう》な面持《おもも》ちだった。

「どうした？」

わたしの言葉を待っていたかのように、薫《かおる》がおずおずと口を開く。

「あんたは行かないっていうからさ、行ったんだわ……ひとりで……」

「うん、それはよく知ってるぞ。それで？」

「写真をね、撮《と》ったんだわ」

「どこで？」

「なんかさ、大きな橋のたもとでね……」

だんだんと薫《かおる》の顔が青ざめていくのがわかる。

「なんで橋なのよ？」

「いや……なんとなく」

「でっ？」

薫《かおる》の言葉を待つのがもどかしく、わたしは急《せ》かすようにいった。

「変なの写っちゃった」

「なんだ、その『変なの』って？」

「これ……わかる……？」

薫《かおる》が差し出した一枚《まい》の写真を、わたしは、すみずみまでくまなくにらみつける。

薫《かおる》が真ん中にいて、そのまわりと後方に、合計二十人くらいの人だかりができている。

観光地でよく見る〝記念写真〟だ。

その更《さら》に後方に、大きな石碑《せきひ》のようなものが見える。

よくありがちな〝なんとなくそんな風に見える〟的な〝変なの〟であろうと、わたしは適当に茂《しげ》った木の葉のあたりを指して「これ？」と聞いた。

「ちがうね」

そっけなく薫《かおる》が返す。

「じゃあ、これ⁇」「ちがう」「これ？」「ちがう」

なんだかわけのわからない問答をくり返すうちに、わたしはふと、おかしなことに気付いた。

初めのなん回かは、わたしの〝これ？〟に対して、いっしょに写真をのぞきこんでいた薫《かおる》が、いつの間にか、わたしの指さす箇所《かしょ》に見向きもせず、「ちがう」を連呼《れんこ》している。

「ちょっと、ちゃんと見ろよ！」

わたしは少しむっとした。

「だって……ちがうんだって！」

「じゃあ、ちゃんと説明せえよ！」

というと彼女《かのじょ》はこういった。

「あたしさ……このとき、ひとりで撮《と》ったんだぁ……」

人形《ヒトガタ》のすむ家

まだわたしが、十代のころのことだ。

当時、札幌《さっぽろ》に住んでいたわたしは、郊外《こうがい》に住む友人・塩村の家へ入りびたっていた。

塩村の実家はその近辺にあるのだが、彼《かれ》が成長して部屋が手ぜまになり、親が用意した近所の借家に塩村は寝泊《ねと》まりしていた。

当然のごとく、塩村の部屋は、友人たちの格好の〝溜《た》まり場〟となった。

毎日のように集まり、昼夜を問わず、大音響《だいおんきょう》で〝レコード〟ライブがくり広げられる。

ある日、ふとした曲の合間に、塩村がこんなことをいい出した。

「なあ、おまえらさ、幽霊《ゆうれい》とかお化けとかって……信じるか？」

「な、なになに？」

とつぜんの思いもかけない問いに、わたしはあ然とした。

「だから、幽霊《ゆうれい》だよ」

「ばっかじゃねえの！　そんなもん……」

再び〝幽霊《ゆうれい》〟といった塩村に、大田があきれている。

わたしは立ち上がり、レコードプレーヤーの電源《でんげん》をいったん切った。

子どものころから、数々の怪異《かいい》体験を積んできたわたしにとって、ぼそりとつぶやいた塩村の言葉は重かった。

「なぁ塩村、幽霊《ゆうれい》がなんとかって……」

「もういいよっ！」

大田の言葉を受けて、塩村がはき捨《す》てるようにいう。

「そんなもん、この世に存在《そんざい》しねえ！」

たたみかける大田を止め、わたしは塩村にたずねた。

「大田はちょっとだまってろ。なぁ塩村、なんかそれらしきことがあったのか？」

塩村はだまっている。なにかあったことは、一目瞭然《いちもくりょうぜん》な表情をしている。

「実はな……おれも昔から、いろんな体験をしてきてるんだよ。だから、たいがいのことは受け入れられるぞ」

わたしがいうと、横で大田はしつこく舌打ちしていたが、塩村が重い口を開いた。

「……となりの部屋……」

「となり？　となりって……」

わたしが聞くと、塩村はある部屋を指さしていった。

「そこだよ。その……ふすまを開けたむこう」

確かに、その家にはいくつか部屋があったが、いつもみんなが集まってさわいでいる茶の間には、だれも開けることのない〝ふすま〟があった。

まえに一度、わたしはそこを開けようとしたことがある。

そのときは、「そこはいろんな荷物がしまってあるから……」と塩村にいわれ、以来わたしはその中をのぞいたことはない。

「そこが？　そこになんか出るのか？」

「実は……」

わたしの問いに、塩村はその部屋のことを話し始めた。

その部屋は、家を借りた当初から、なぜだか足をふみ入れる気にはなれない、一種独特の〝気〟に満ちていたのだという。

ところが、ある日を境に、物置代わりに使っているその部屋から、異様《いよう》な物音がひびくようになった。

最初は〝コツコツ〟という、なにかをたたいているような軽いものだったが、最近では、まるで生木をさくような怪音《かいおん》になっているというのだ。

しかも話はそれだけに留《とど》まらなかった。

「なんだかわけわかんねえ、人形みたいなものが、視界《しかい》のふちをよぎったりするんだよ……」

塩村が暗い表情で続ける。

「に、人形がか?」

人形と聞いて、わたしの表情も暗くなる。

「それが見えると、直後に決まってあの音が聞こえ……」

「だったらよ！」

塩村の言葉を大田がさえぎった。

「だったら、いまからとなりの部屋開けて、その人形と音の正体とやらを明かしてやろうぜ！」

大田が威勢《いせい》よくいった。

「い、いや、それは……」

よほどの恐怖《きょうふ》を感じているのか、塩村がちゅうちょしていう。

「いや塩村、それは確かに必要なことかもしれんぞ」

わたしも大田の意見に賛成だった。

いまならそんな暴挙に出ることもないと思うのだが、あのころはみんな若《わか》かった。

真剣《しんけん》になやんでいる塩村をよそに、大田やわたしは、持てあましていた〝ひまつぶし〟くらいの気持ちだったと思う。

おそるおそるふすまを開けると、そこからは、いま自分たちがいる部屋のものとは、まったくちがった〝空気〟が感じられた。

まるでそこだけ、いままで真空になっていたかのような、ひんやりとして、決して心地《ここち》よくはない冷気が充満《じゅうまん》している。

乱雑《らんざつ》に置かれた家財道具をおしのけると、そのむこうの角に半間ほどの引き戸が見て取れた。端《はし》に付いた取っ手に手をかけ、それをまさに引き開けようとしたときだった。

「待ってくれ！」

塩村がさけんだ。

「びっくりしたぁ。なんだよ、塩村？」

塩村の声におどろいたわたしは、とっさに彼《かれ》に視線《しせん》を向けた。

「そこだ。そこから、いろいろ聞こえるんだ……」

「いろいろだぁ？」

大田が、はなから塩村の話を信じていないような口ぶりでいう。

「ああ。この間なんかは、あきらかにそこに人がいるであろう感じで、泣き声が聞こえた」

「泣き声っておまえ……」

わたしは思わず聞き返した。

「小学生くらいの……女の子の声だ」

「ばっかじゃねえの！　いいからどけ、中村、たかがおし入れじゃねえか！　こんなもん、おれが開けてやる！」

大田はそういうなり、わたしと塩村が止めるのも聞かず、勢いよくその引き戸を開けた。

その瞬間《しゅんかん》だった！

あぁぁぁぁぁぁぁぁぁぁぁぁ

「うわあっ!!」

まるですぐ耳元にいるなにかが、大口を開けてさけんだかのような声に、一同おどろいて、思わずそこから二、三歩あとずさる。

しかし冷静さを取りもどすのに、さほど時間はかからなかった。

「び、びっくりしたぁ。なんなんだ、いまの声っ!?」

思わずわたしはいった。

「声なんかじゃねえよ。きっと戸がきしんだだけだって。……それよりおまえら、ちょっとあそこ見てみろ」

大田がそういいながら、指さすあたりをのぞきこんでみると、おし入れの上の方の角に、なにかをのせるために作ったような、三角の板が打ち付けてあるのが見える。

「なんだあれ？　あんなのいままで気がつかなかったぞ」

塩村がひとり言のようにつぶやく。

「ここからじゃ、上がどうなってるのかわからないけど、なにかをのせるためのものみたいだな」

「ちょっとどいてみ」

わたしがいい終わらないうちに、大田が塩村とわたしをおしのけ、中ほどの段《だん》にのぼろうとしている。

「な、なにすんだおまえ……？」

塩村がおそるおそる聞く。

「中に入って、あの上になにがあるのか確認《かくにん》するんだよ」

「ばか、いいからやめとけって！」

わたしは大田を制止した。

「ばかはおまえらだろうが！　あんなもん、別になんでもありゃしねえじゃねえか！」

「大田！　たのむからやめてくれ！　な、もういいからさ」

大田の意地っ張りな性格に火がついたようで、塩村が懇願《こんがん》するようにいっても、大田はおし入れ中段《ちゅうだん》に足を乗せると、ライターを手に、ずいっと中をのぞきこんだ。


大田は、そのまま固まったように微動《びどう》だにしなかった。

その様子が不気味で、思わず塩村が声をかける。

「ど、どうした大田？　なんで、なにもいわな……」

「人形……」

その言葉に、わたしも塩村も一瞬《いっしゅん》、言葉が出てこない。

段《だん》に上ったままの大田は、ゆっくりとかがみこみ、そのままのスピードで、こちらをふり向いた。

大田の手には、蜘蛛《くも》の巣とほこりにまみれた、一体の日本人形がだかれている。

「うわわあああああっ!!」

塩村とわたしは同時にさけんだ。

なんと人形の額には、長さ三センチ程《ほど》のお札がはられているのだ。

「な……なんだこれ?」

わたしは声をしぼり出した。

「こっ、こっ、これだ! おれの視界《しかい》に入ってくるの、まちがいなくこれだ!」

塩村がさけぶようにいった。

「……そんなことって」

さすがに大田も、さきほどの勢いがなくなっている。

少しの沈黙《ちんもく》のあと、わたしの口がようやく動いた。

「と、とにかく、これをどうするかだが……」

「おれにいい考えがある。確かに、こんな所にこいつが置かれていたのは不思議だ。でも、だからといって、こいつは幽霊《ゆうれい》じゃねえだろう？」

大田が話し始めた。

「い、いや、確かにそのとおりだが、おれの視界《しかい》に見えかくれしていたのは、まぎれもなくこの人形で……」

塩村の言葉をさえぎり、大田が提案を続ける。

「だからよ。だからそれを確認《かくにん》しようじゃねえか。本当にこいつが化けて出るってんなら、それを証明してもらおうっていってんだよ」

「ばっ、ばかなことというな！　おまえは霊《れい》の存在《そんざい》を信じてねえから、そんなことをいえるんだ！　おれはガキのころから散々……」

わたしからすれば、大田の提案はあまりに危険《きけん》だった。

しかし大田も一歩も引かない。

「だったらなおさらだ。このおれがこれ以降《いこう》、霊《れい》を信じられるようなことが起こればよし。なにもねえなら、それっきりだ。おれはこれ以降《いこう》も、霊《れい》なんか信じることはねえ！　おまえらも単なる『うそつき』ってことだわな」

「でもそれを、いったいどうやって確認《かくにん》しようってんだ？」

それで大田の気が晴れるならと、わたしは大田の意見を聞いてみる。

「おれに、ちょっとした考えがある」

「どんな考えでもいいが、おれを巻《ま》きこまんでくれよぉ」

すでに涙目《なみだめ》になっている塩村がいった。

「心配するな。大したことはしねえよ。ただな、ちょっと今夜ひと晩《ばん》、この家をおれに貸してくれねえか？　おれはこの人形を持ったまま、おし入れの上段《じょうだん》にかくれる」

「バカなこといってんじゃねえぞ！　そんなことしたら、いったい、なにが起こるか……」

さすがに無鉄砲《むてっぽう》すぎる提案に、わたしは大田の意見を聞いたことを後悔《こうかい》した。

「中村、こうなりゃおれも意地だ。なにがなんでも、この世に霊《れい》なんかいねえってことを証明してやる！　いいか。その間、おまえらは中村の家へ行き、絶対にもどってくるんじゃねえぞ」

大田はいい出したらきかない男だ。

もう大田を止めることもできず、夕方まで三人いっしょに過ごし、暗くなるのを待って、わたしと塩村は渋々《しぶしぶ》ながらも塩村の家をあとにした。

(いったい大田は、なにをするつもりなんだ？　なにが大田をあそこまでさせたんだ……？)

疑問《ぎもん》に思いながらも、わたしは塩村を連れて、家にもどった。

なにもいわず塩村とふたり、カップめんをすすっていると、ぽつりと塩村が話し出した。

「実はな中村。いってないことが……もうひとつあるんだ……」

「いまさら……もういいだろ」

「いや。大事なことだから、おまえにだけはいっておく。実はあの家……まえの住人がとつぜん錯乱《さくらん》し、裸足《はだし》で家から飛び出して、そのまま行方《ゆくえ》不明になった」

「な、なんだって!?」

「その後、警察《けいさつ》も出て方々さがしたんだが見つからず、一週間後……すぐまえの用水路の中にういているのが発見された」

返す言葉がなかった。その晩《ばん》は、わたしも塩村も寝《ね》ようにも寝付《ねつ》けず、ただただ時間だけがゆっくりと過ぎていった。

時計の針《はり》が、夜中の二時を少し回ったころだ。

ソファに寝《ね》ていたわたしのまわりに、なんとなく異様《いよう》な違和感《いわかん》を覚え、目を覚ました。

じゅうたんの上に寝転《ねころ》がり、スウスウと寝息《ねいき》を立てている塩村の背中《せなか》が見える。


……が、そこにはもうひとりいた。


小さな人かげ。

それに気付いた瞬間《しゅんかん》、わたしを金縛《かなしば》りがおそった。

小さなかげは、寝《ね》ている塩村の腰《こし》のあたりに両手をかけ、小刻《こきざ》みに顔を左右にふっている。

カシカシカシカシカシカシカシカシッ
カシカシカシカシカシカシカシカシッ
カシカシカシカシカシカシカシカシッ

その度《たび》に発せられる無機質な擦過《さっか》音。

そして同じくそこから発せられる声が、わたしの耳に届《とど》いた。

おおぉぉぉたあああぁぁぁぁぁぁぁぁぁ

まるで地の底から、わいてくるような、声ともいえぬ声。

直後、金縛《かなしば》りから解放されたわたしは、ソファから飛び起きて、塩村をゆり起こした。

小さなかげは、すでに消え失《う》せている。

「おいっ！　塩村っ！　寝《ね》てる場合じゃない、起きろっ！」

「な、なんだよ……」

「すぐにおまえんちに、もどろう!!」

「だ、だって大田は帰ってくるなって……」

「それどころじゃねえんだよ！　とにかく急げ！」

ねぼけまなこの塩村をたたき起こし、ふたりでバイクを飛ばして、塩村の家へ取って返す。

玄関《げんかん》のかぎを開け、くつをぬぐのももどかしく部屋にかけこむ。

部屋中には、なぜか線香《せんこう》のにおいが立ちこめている。

塩村に家中の電気を点《つ》けさせ、例のふすまを開けようと手をかけるが、どうにも開かない。

「おい塩村、どうなってんだ！　かぎかなんかあるのかここ!?」

「そんなもんねえよ！　いいからたたきこわせ！」

かぎがかかっていようがいまいが、そこはふすまである。わたしと塩村のふたりでけとばすと、すぐにふすまは敷居《しきい》をはずれた。

「大田っ!!」

ふたりでさけびながらおし入れの戸を開ける。

そこには吐瀉物《としゃぶつ》にまみれ、白目をむいて、さかさまにたおれている大田の姿《すがた》があった。

「大丈夫《だいじょうぶ》かっ！　大田っ!!」

わたしは大田をだき起こした。

「ああ、きゅっ、救急車！」

塩村が救急車を呼《よ》びに、大急ぎで電話のある実家へ走った。

と、そのときだった。

ゴシャッ……カキンッ……！


開いたままになっているおし入れから、とつぜん、なにかが聞こえた。

思わずそこへ視線《しせん》を向け、わたしはそのままこおりついた。

大田が持ったままおし入れに入ったはずのあの人形が、上から落ちてきていた。

そして、その人形がゆっくりと向きを変え、いままさに、こちらに向き返ろうとしている。

「う、う、うわああああああああああっ!!」

それからどうやって、大田とともにその場をはなれたのか、記憶《きおく》が定かでない。

ただこれだけははっきり覚えている。


人形の腹《はら》には、大田のバタフライナイフがささっていた。

沖縄《おきなわ》の思い出

子どものころ、わたしは一年ほど沖縄《おきなわ》に住んでいた。

家からほんの少し歩いていったあたりに、波の上という海岸があった。

真っ白な砂浜《すなはま》と岩礁《がんしょう》の入り混じった美しい海岸は、当時のわたしにとって、実に嬉《うれ》しい遊び場だった。

ところが、昔からそのあたりに住む大人たちは、子どもがその海岸へ行くことを、あまり快く思っていないようだった。

東京からきたばかりのわたしには、どうしてもそれが解《げ》せない。

図鑑《ずかん》でしか見たことのないような、美しい生き物たちが、目のまえをまい泳ぐ別天地……。

大人の忠告《ちゅうこく》など、到底《とうてい》、聞き入れられるものではなかった。

ある日のこと、わたしはいつも遊んでいる岩礁《がんしょう》から、少しばかり南へ足をのばしてみようと思い立った。

それを友だちにいうと、必死の形相でよした方がいいという。

「マジムン（化け物）が出るって、おばあがいってたさ！　だから、行かないっ！」

そうわけのわからない理由をいうなり、自転車にまたがると、友だちはとっとと帰ってしまった。

「ちぇっ……なんだよ」

空を見上げると、まるで人工的な色付けでもしたかと見まごうような青色一色。

仕方なく、ひとり自転車をおしながら、自分でもよくわからない鼻歌を、ふんふんやりながら歩いていた。

しばらくいくと、ふと三線《さんしん》の音がわたしの耳に届《とど》いてきた。

歩いていくうちに、それはどんどん近くなってくる。

どうやらそれは、浜《はま》の方からだった。

「あ……」

見るとそこには、浜辺《はまべ》に打ち捨《す》てられた古い小舟《こぶね》・サバニが一艘《そう》。

そのふちに腰《こし》かけて、ひとりの若《わか》い女性が歌を歌っている。

頭のてっぺんに髪《かみ》を結《ゆ》う、沖縄《おきなわ》独特の髪型《かみがた》。女性は、悲しげな表情をして切々と歌っていた。

当時のわたしには、歌の内容はよくわからなかったが、その歌がなんとも耳についてはなれない。

立ち止まって、じっと耳をすますわたしに、その女性はふいに気付いたようだった。

三線《さんしん》をひく手を止め、こちらに向かってにっこりと笑いかけてくる。

その目元の涼《すず》しさ、やわらかな表情はいまでも忘《わす》れることができない。

「あなたは上等な自転車を持ってるのね。東京からね？」

「そ、そうだけど、どうしてそれを知ってるの!?」

「見ればわかるさ。心で見れば、なんでもわかるさ」

そういわれてはっとし、彼女《かのじょ》の顔をまじまじと見直す。目がふさがっている。

それから彼女《かのじょ》は、わたしにいくつもの唄《うた》を歌って聞かせてくれた。

てぃんさぐぬ花、芭蕉布《ばしょうふ》、谷茶前《たんちゃめ》、安里屋《あさとや》ユンタ……そして最後に歌ってくれたのが、十九の春という悲恋《ひれん》の歌だった。

三線《さんしん》をわきに置いて、ひと息ついたあと、彼女《かのじょ》はわたしに向き直って、こんなことをいい出した。

「うちに帰るまえに、岩場でウニをひとつ、探《さが》して持って帰りなさい」

「ウニ?」

あまりにとうとつだったので、わたしは思わず聞き返してしまった。

「そう、ウニ。小さなやつでいいから、なにか入れ物を探《さが》して、持って帰りなさい。それはきっと明日まで生きてるから、夕方までに採った場所にもどすがいいさ」

「どうしてウニなんか……」

「それがうんじゅ(あなた)を守ってくれる」

なにがなんだかわけもわからず、その場を立ち去ろうとするわたしの背後《はいご》から、彼女《かのじょ》はこう付け加えた。

「〇〇の廃《はい》プールには、二度と近づかねーらんで」

それまでとは、明らかにちがったトーンであるその声におどろき、わたしはすぐふり返った。ところが、先程《さきほど》まで確かに目のまえにいたはずの彼女《かのじょ》は、おどろいたことに数十メートルもはなれた場所を歩いている。

〝〇〇の廃《はい》プール〟

確かにその場所には覚えがあった。

（どうして、こんな所にプールがあるんだろう……？）

以前そんなことを思って、敷地《しきち》に侵入《しんにゅう》して、中をのぞきこんだことがあるのだが、それを見ていた近所の漁師さんに、激《はげ》しくとがめられたことがある。

なんでも、過去になん人もの水死者を出し、それ以来、閉鎖《へいさ》されているとのことだった。

（あのお姉さんは、どうしてぼくが、あのプールに行ったことを知ってるんだろ……）

翌日《よくじつ》、仲間をつのって、再びしのびこもうと考えていただけに、まるで心中を見すかされたような、妙《みょう》な心持ちだった。

だからというわけではないのだが、わたしはお姉さんにいわれたとおり、小さなウニをひとつ採って、まっすぐ帰宅《きたく》した。

その晩《ばん》、不思議な夢を見た。

なんだかわからない妖怪《ようかい》然としたものが、わたしのすぐそばにいて、赤い口を開けて、えへらえへらと笑っている。

ときおり長い舌をこちらへのばし、わたしをそれで巻《ま》き取ろうとしているかのようだ。

ところがその舌が近づくと、まるで電気でも走ったかのように、するするとそれを引っこめてしまう。そいつは、これを延々《えんえん》とくり返すのだが、ふとした拍子《ひょうし》に、あることに気付いた。

ウニ……。

夢の中のわたしは、体にたくさんウニが付着しており、どうやらそいつは、ウニのとげをきらっているようだった。


気が付くと朝になっていた。

「いやねえ。この場所って確かここの近くでしょう？」

「ああ、確かにあの海岸の近くだなぁ」

あくびをしながら居間に行ってみると、両親が流れているテレビニュースにくぎ付けになっている。

「おはよう。なんかあったの？」

「ああ、おはよう。〇〇海岸のすぐ近くに、いまは使われていないプールがあるだろう？　なんでもあのプールで、おぼれ死んだ子どもが発見されたそうだ。おまえも絶対に近付いちゃいかんぞ！」

「えっ!?」

わたしはあまりのおどろきに、それ以上の言葉が出なかった。

そのあとなんどもなんども、あのお姉さんをさがして歩いた。

あの日座《すわ》っていた、くちたサバニの所へ行って、半日も、ただただ待ってみたりもした。

しかし島をはなれるその日まで、とうとう再会することはかなわなかった。

三線《さんしん》の音を聞くと、いまでも彼女《かのじょ》を思い出す。

最後に

この本の中には、思わず目を背《そむ》けたくなるような惨状《さんじょう》や、そのような表現がされている箇所《かしょ》が出てきます。読んでいただける方の様々な年齢《ねんれい》を思うとき、そこに配慮《はいりょ》し、表現を変えるべきだったのかもしれません。

しかし現実はちがいます。

たとえこの本の中でそれをかくし、あたりさわりのない言葉づかいでいい表しても、現実は常に過酷《かこく》なものです。それで純然《じゅんぜん》たる「人の死」「人の心」「人の道」を描《えが》くために、あえてこうした表記、表現を用いました。

この日本には、様々なすばらしい文化が継承《けいしょう》されています。

歌舞伎《かぶき》、文楽、講談、落語……。それらの中で命を説き、人の情けや魂《たましい》を称《たた》えてきました。

そしてそのすべての文化には、いつの時代も〝怪談《かいだん》〟がつきものでした。怪談《かいだん》を通して「命とは？　人の情けとは？　そして魂《たましい》とは？」と問うてきたのです。

そんなすばらしい継承《けいしょう》があるにもかかわらず、現代《いま》はどうでしょうか？

人の亡《な》くなった場所を〝心霊《しんれい》スポット〟と称《しょう》してあざける、神社仏閣《ぶっかく》にいたずら書きをする、どこへ行ってもスイッチひとつで明かりが灯《とも》り、真の闇《やみ》はどこにも見あたらない……。

そう。本当の闇《やみ》は、人の心の中にのみ存在《そんざい》するようになったのです。


わたしは幼少《ようしょう》のころから、数々の怪異《かいい》を目《ま》のあたりにしてきました。その中には、おそろしいもの、不思議なもの、悲しいものなどが混在し、多種多様な思い出として形作られています。

「なぜわたしなんだ？　なぜいまなんだ？　なぜ……？」

怪異《かいい》に出会うたびに、いく度となく同様の疑問《ぎもん》がわき、答えの出ないことと知りながらも、母に問うてみたこともありました。

そしてその答えが、ここへきてやっと、見えてきたように思えます。

そう。それこそがこの本の存在《そんざい》なのです。

わたしは過去、数々の教育機関に招かれて、〝道徳怪談《かいだん》〟なるものを実施《じっし》してきました。しかし、子どもたちに〝本当の怪談《かいだん》〟を示す機会にはめぐまれなかったように思います。

この本にある数多くの話を、読者が「怖《こわ》い」と感じるか、「気持ち悪い」と感じるか？　そんな中で、もし「なぜ？」と感じる読者がいたならば、わたしの役目は果たされたことになる、そうわたしは考えています。

なぜ彼女《かのじょ》は死にいたったのか？　なぜ彼《かれ》はそこまでのうらみを持ったのか？　そして、なぜこの世に想《おも》いを留《とど》まらせているのか？

すべてを読み終えたとき、そんな多くの「なぜ？」を読者が感じてくれたなら、わたしは嬉しいかぎりです。

数百兆分の一の確率でビッグバンが起き、数十兆分の一の確率で銀河系《ぎんがけい》ができ、数兆分の一の確率で太陽系《たいようけい》ができ、数百億分の一の確率で地球ができ、数十億分の一の確率で人間が誕生し、数億分の一の確率であなたが生まれました。

人を殺しうるほどの苦しみも、自ら命を絶つほどの悲しみも、この途方《とほう》もない数字のまえには存在《そんざい》しない……ということを知っていてほしいと思います。

中村まさみ

北海道岩見沢市生まれ。生まれてすぐに東京、沖縄へと移住後、母の体調不良により小学生の時に再び故郷・北海道に戻る。18歳の頃から数年間、ディスコでの職業ＤＪを務め、その後20年近く車の専門誌でライターを務める。
自ら体験した実話怪談を語るという分野の先駆的存在として、現在、怪談師・ファンキー中村の名前で活躍中。怪談ネットラジオ「不安奇異夜話」は異例のリスナー数を誇っていた。全国各地で怪談を語る「不安奇異夜話」、怪談を通じて命の尊厳を伝える「道徳怪談」を鋭意開催中。

著書に『不明門の間』（竹書房）、オーディオブックＣＤ「ひとり怪談」「幽霊譚」、監修作品に『背筋が凍った怖すぎる心霊体験』（双葉社）、映画原作に「呪いのドライブ　しあわせになれない悲しい花」（いずれもファンキー中村・名）などがある。

●校正　株式会社鷗来堂
●装画　菊池杏子
●装丁　株式会社グラフィオ

怪談 5分間の恐怖　**集合写真**

発行　初版／2017年1月　第5刷／2021年11月
著　中村まさみ
発行所　株式会社金の星社
〒111-0056　東京都台東区小島1-4-3
TEL　03-3861-1861（代表）　FAX　03-3861-1507
振替　00100-0-64678　ホームページ　http://www.kinnohoshi.co.jp
組版　株式会社鷗来堂
印刷・製本　図書印刷株式会社

256ページ　19.4cm　NDC913　ISBN978-4-323-08112-0

乱丁落丁本は、ご面倒ですが小社販売部宛にご送付ください。
送料小社負担でお取り替えいたします。